ダイヤモンドの一夜の愛し子

リン・グレアム 作
岬　一花 訳

ハーレクイン・ロマンス

東京・ロンドン・トロント・パリ・ニューヨーク・アムステルダム
ハンブルク・ストックホルム・ミラノ・シドニー・マドリッド・ワルシャワ
ブダペスト・リオデジャネイロ・ルクセンブルク・フリブール・ムンバイ

GREEK'S SHOTGUN WEDDING

by Lynne Graham

Published by Harlequin Japan,
a Division of K.K. HarperCollins Japan, 2025

リン・グレアム

北アイルランド出身。10 代のころからロマンス小説の熱心な読者で、初めて自分で書いたのは 15 歳のとき。大学で法律を学び、卒業後に 14 歳のときからの恋人と結婚。この結婚は一度破綻したが、数年後、同じ男性と恋に落ちて再婚するという経歴の持ち主。小説を書くアイデアは、自分の想像力とこれまでの経験から得ることがほとんどで、彼女自身、今でも自家用機に乗った億万長者にさらわれることを夢見ていると話す。

主要登場人物

ジゼル・キャンベル……………獣医。愛称ジジ。

アキレウス・ゲオルギウ…………ジジの父親。

ジェイス・ディアマンディス……〈ディアマンディス・インダストリーズ〉のオーナー。

アルゴス・ディアマンディス……ジェイスの父親。故人。

エヴァンデル・ディアマンディス…ジェイスの叔父。

ドメニコ・ディアマンディス……ジェイスの異母弟。

マーカス………………………エヴァンデルのパートナー。

エレクトラ・ディアマンディス……ジェイスの祖母。

セラフィーナ・ディアマンディス…ジェイスのいとこ。

1

「おまえは来ないんだろうと思っていたよ」叔父のエヴァンデル・ディアマンディスが身長百八十センチの甥《おい》に言った。

ジェイス・ディアマンディスは〈ディアマンディス・インダストリーズ〉の銀色のロゴがついたヘリコプターから降りたところだった。人々には億万長者の会社のオーナーがついに葬儀に到着した、とわかったに違いない。

遅刻を詫《わ》び、ジェイスは年配の男性に恨みと尊敬と好意と悲しみの入りまじった笑みを向けた。エヴァンデルと彼のイギリス人のパートナーであるマーカスは、実の父親が育てようとしなかったジェイスを育ててくれた。もちろん、ジェイスも叔父もディアマンディス家でははみ出し者だった。理由はエヴァンデルは異性愛者のふりをするのを拒んだ同性愛者だったからで、ジェイスはわずか六歳で父親のアルゴスに捨てられたからだった。

ジェイスは実質的に両親を同じ日に失った。母親のアレッシア・ロッシは華麗な経歴を誇る国際的に有名なオペラ歌手だったが、その日、息子を置き去りにして夫のもとを去った。母親と恋人が車の衝突事故で命を落とした数時間後、アルゴスは大笑いしたという。そしてジェイスと養育係《ナニー》をリムジンに乗せ、自分の両親の大邸宅に連れていく前に、父親を見つめる亡き妻の明るい緑色の瞳とくるくるした巻き毛を受け継いだ小さな男の子を一度だけ見たらしい。

当時の決断をその後二十二年間、一度もくつがえさないままアルゴスは死に、ジェイスは自分が六歳のときに父親がした人生最低の選択を忘れる機会を失った。寝取られ男という悪意ある記事によってすばらしかった世間体をずたずたにされた結果、世界じゅうの金をかき集めても父親の傷ついたプライドは癒やされなかった。すぐに再婚して次男をもうけたにもかかわらず、アルゴスはジェイスを引き取ることを拒絶しつづけた。それどころかジェイスを遺産相続人からはずし、すべてを異母弟のドメニコへ渡そうとすらしたが、そのたくらみは祖父の弁護士によって阻止された。

ジェイスは偽善者を演じて出たくもない父親の葬儀になど出たくなかった。しかし、エヴァンデルの意見は正反対だった。叔父はジェイスに真っ向から反論し、おまえはまだ二十八歳で独身かもしれないが、今やディアマンディス家の事実上の当主であり、良識と常識を考えればその正当な立場を受け入れなければならないと訴えた。

言われたことをよく考える前に、ジェイスは祖母であるエレクトラ・ディアマンディスに抱擁された。父親とは対立しながら生きてきたが、祖母が息子の葬儀に心安らかに参列できるというなら、出たくないと文句を言うのはやめよう。彼はそう決めた。

「どうしてみんな、僕を見ていたのかな？」教会から出たとき、ジェイスはつぶやいた。

「億万長者のおまえと彼らとの間になんのつながりもないからだろうな」叔父が皮肉まじりに言った。「おまえを切り捨てていたこの何十年かを悔やんでいるんだよ」

「僕が大人になるまで、叔父さんとマーカスを除けば誰もかかわろうとしなかったからね」ジェイスは不機嫌な顔でうなずいた。「叔父さんはどんなに苦汁をなめるはめになっても、父の機嫌を取ったりはしなかった」

「おまえより年下の美しいいとこの女性たちは全員、

結婚指輪をはめたくて目をきらきらさせていたぞ」

少し声を低くして、エヴァンデルが甥に警告した。

ジェイスは突然、愉快そうに大笑いをした。「セラフィーナのおかげでいろいろ学んだからね」

思わず叔父も口角を上げた。「ああ、兄のアドニスが娘の貞操を奪ったと言って押しかけてきて、おまえに結婚しろと迫ったときはおもしろかったな。だが新聞の見出しを飾って一族の金食い虫をあおるのも、連中の標的になるのもそろそろやめたらどうだ？」

「僕もすっかり大人になったから、今はどちらかというと落ち着いている——」

「絶対に嘘《うそ》だな」マーカスが反対側から口を挟んだ。「おまえのプレイボーイぶりが落ち着いているなどありえない」

「一度きりの若さを楽しんでいるだけだ」ジェイスはきまじめに反論した。誠実な愛と気配りでもって自分を育ててくれた二人には感謝していた。普通の親だったら、十代のころに荒れに荒れていたジェイスを見限っていたかもしれない。

ところが、エヴァンデルとマーカスはずっとジェイスに寄り添いつづけてくれた。ジェイスは、二人が与えてくれた安心と安定に対する恩を一日も忘れたことがなかった。

「おまえは三十も近いというのに、一度も女性とまともにつき合った経験がないじゃないか」叔父が言った。「その事実はちゃんと考えたほうがいい——」

「恋愛なんてごめんだね」冗談じゃない！　ジェイスはぞっとした。女性とセックスはするが、つき合うのは避けてきた。私生活は単純明快に限る。成人して以来、彼の辞書にデートとか、女性との真剣な話し合いとか、禁欲とかという文字はなかった。彼は好きなときに、好きな相手と、好きなことをしていた。そうやって自由でいるほうが幸せだと、心から信じていた。

「一度でいいから、誰かとつき合ってみるといい」叔父が言った。

ジェイスは真っ白な歯を食いしばった。「あとどれくらいここにいればいい？」彼はため息をついた。十代に戻った気分ですべてにうんざりしていた。亡き父親に従い機嫌を取るために長くジェイスを無視してきた一族の人々は、媚《こ》びへつらう視線を送るか、心のこもった悔やみの言葉を述べながらちらちらとこちらの顔色をうかがっていた。母親の犯した罪で幼い息子を罰すると決め、とてつもない心の傷を負わせたほとんど面識のない父親の死をさも悼んでいるふりをした自身にも、彼は辟易《へきえき》していた。

「帰るなら弟と話してからにしてくれ。一族のほかの者と飲んだりしゃべったりする必要はない。おまえは彼らになんの恩もないんだから」叔父が言った。

「なぜドメニコと話さなければならないんだ？」ジェイスは不信感もあらわに尋ねた。

「あいつはなにかしたわけじゃないし、おまえだろう？」エヴァンデルが淡々と告げた。「おまえはドメニコに一度も会ったことがないじゃないか。五分でいいんだ、ジェイス。ドメニコはおまえにとって、生きている中でいちばん近い肉親なんだぞ。頼む、私たちをがっかりさせないでくれ」

ジェイスはゆっくりと深く息を吸った。叔父の言葉を聞いて、大きく力強い体に怒りがこみあげていた。しかしよく考えてみるとその言葉はいつものように理にかなっていたため、怒りはおさまった。父親が死んだ今こそ、母親の違う弟との関係を見直すときなのかもしれない。僕が拒絶され、無視され、相続権を放棄しろと脅されたのは異母弟のせいではない。知る限り、アルゴスという男はドメニコにとっても最低の父親だったのだから。

さらになにか言われる前にジェイスは叔父の思い

つめた視線に背を向けると、異母弟に初めて会うために歩き出した……。

「なんなの？」ジジ・キャンベルは自宅の窓の前で驚きの声をあげた。首輪にリードをつけたまま、大きな動物が車の行き交う道路をうろうろしている。

居間の隅の鳥かごにいるみすぼらしいオカメインコのスノーウィーが、飼い主の声をまねようとした。亀のハンフリーはレタスをむしゃむしゃ食べながらあたりを闊歩《かっぽ》している。テリア犬のホッピーはひげの一本も動かさず、ソファでうたた寝を続けた。だが、同じソファの反対側にいた白とオレンジ色の大きな猫が体を起こした。賢いティリーは飼い主の緊張を感じ取って目を覚ましたのだ。

「ああ、なんてこと！」誰もあの愚かな犬を追いかけていない状況に、彼女は息をのんだ。次の瞬間、助けようと玄関を飛び出した。

私は獣医だからと言い訳をしつつ、まっすぐ犬がはねまわる車で混雑した通りに駆けていく。犬は車のタイヤも、聞こえてくる〝どけ！〟という大声も、鳴り響くクラクションもまったく危険だと思っていないようだった。野良犬ではなく誰かのペット、成犬というよりはまだ子犬らしい。そして、ジジは人間以上に動物を大切にしていた。

ここギリシアのロードス島には一年半、暮らしている。島の動物保護センターで働いているのは、ギリシア人の家族と仲よくできるかもしれないと期待したからだ。しかしうまくはいかず、彼女の夢と希望は徐々にしぼんでいた。家族に幻滅することには慣れているくせに、考えが甘かった。実の母親が無関心だったなら、継父や異母兄たちも同じだとなぜわからなかったの？　それでも三カ月前に他界した祖母のヘレネーとは仲よくなり、流暢《りゅうちょう》なギリシア語も話せるようになった。

犬をよけようとして二台の車がぶつかり、車の流れがとまった。ジジが進んでいくと、愚かな動物は長い尻尾を車と車の間に挟まれていた。男性たちの怒号が飛び交う中、彼女は犬が怪我《けが》をしていると訴えたけれど、誰も手を貸そうとはしなかった。それどころか車を押し、一センチでも動かして尻尾を自由にしようとしていると、二人の男性がどなりはじめた。その間犬は、まるでジジが自分を救おうとしているのがわかったかのように、せっせと彼女の素足をなめていた。やがて女性が一人、車から降りてきて手伝ってくれた。

ジジは膝をすりむいたり手首を痛めたりしながらも、なんとか挟まれていた尻尾を解放した。助けに来てくれた女性に感謝し、ふくらはぎに血が伝うのもかまわず、ほほえみながら犬を誘導して家に戻ると怪我の手当てを始めた。

「なんてかわいいのかしら。きっと誰かに飼われているのね」明るい声で話しかけると、犬が飛びついてきた。後ろ足で立つと、ジジよりも数十センチ背が高い。

これはアイリッシュ・ウルフハウンドだ。大きいが気立てがよく、血統書つきなのか高価そうな首輪をしている。それなら、きっとマイクロチップがうめこまれているに違いない。明日の朝一番にセンターでマイクロチップの確認をして犬を返したら、飼い主はとても感謝してくれるだろう。しかしその前に、傷が悪化しないよう尻尾の治療をしなくては。

「治療が終わるころには、あなたは私をあまり好きではなくなっているかもしれないけど」診察鞄《かばん》を持ちあげ、ジジは犬に言った。「ああ、足もすりむいちゃったのね。モー？　それがあなたの名前なの？　それとも飼い主の名前かしら？」

首輪についている、きらきら光る小さな石でつづられた文字はそう読めた。

「男の子みたいな名前なのに、首輪は女の子らしいのね」

モーはおとなしい犬で、ジジが尻尾や何針も縫わなければならない足を洗う間も横になって動かなかった。怪我をなめて化膿《かのう》しないよう、手術用のエリザベスカラーを装着するのもいやがらなかった。

「ああ、あなたが野良犬なら飼えたのに」ジジはため息をついてモーに餌と水をやり、散歩をさせた。

やがて冒険にも飽きたのか、犬は彼女の足元に伏せ、赤ん坊のように眠りについた。「本当にかわいいわ」

モーは夜中に目を覚まして二階へ来たらしく、夜明けにジジが目をやると、ベッドの横で彼女を見つめていた。

「今日、飼い主を見つけてあなたを家へ連れて帰ってもらうわね」モーがベッドに上がってきて、ジジの横でふたたび眠りについた。「困った甘えん坊さんね」彼女は苦笑した。

餌をやるときも散歩のときも、モーはジジのそばを離れなかった。犬を連れて動物保護センターへ行こうと車で出発したとき、診察鞄を家に忘れてきたのを思い出した。厳密には家はジジのものではなく、前の週に〝売り家〟の看板が掲げられていた。もとは祖母のヘレネーの家だったが、父親の家族は当然売りたがった。だから彼女は荷造りを終えしだい、ペットとイギリスへ戻るつもりだった。

通りを歩いて戻ると、家のドアの前にはおおぜいの男たちがいて、まるで誰かの命がかかっているかのように必死にドアノッカーを鳴らしていた。

「なにがあったのかしら？」ジジはダークスーツに身を包んだ男たちの間を足早に通り抜けようとした。

「モー！」一人の男性が声をあげた。

だがモーはまったく反応せず、ジジの腿をうれしそうになめるばかりで一歩も動こうとしなかった。

「いったいこの子になにをした？」同じ声が雷鳴の

ようにとどろいた。「怪我をしているじゃないか！」

ジジは玄関の鍵を開けて中に入った。モーもついてきた。「この子のマイクロチップを調べたら、返してあげてもいいわ。それまでは無理。この子はあなたを無視してるし、飼い主だと言われても怪しいもの」

「よくもそんなことを」男性がさらに大きな声で言った。

「あなたこそ、よくもそんなことが言えたわね。私はこのかわいそうな子を助け出して手当てしたのに」ジジはためらわずに言い返した。「あなたにここへ来てどなる権利なんてないわ、無知で失礼なあなたには」

ジェイスは女性からこれほど無礼な反応をされた覚えがなかった。こちらに目を向けようともしない女性を見て、文字どおり口をあんぐり開ける。彼女はおさまりの悪い茶色がかったブロンドの髪を長く伸ばし、ショートパンツにキャミソールという街娼《がいしょう》のような格好をしていた。だが服装は誘惑が目的ではなく、派手でもセクシーでもなかった。それでも脚は見事で、女性が犬と一緒に通りを歩いてきたときから、そのことには気づいていた。モーはなにも動じないジェイスにとって唯一の弱点と言える存在だった。葬儀に参列している間に愛犬が逃げ出したと聞いてから、心配でたまらなかった。

「この子を手当てした？　どうして君がそんなことを？」ジェイスは問いただした。女性がこちらを見て、もっと普通の態度をとってくれたらいいのだが。

「私が獣医だからよ、おばかさん。この美しい犬をあなたに返すのは、この子があなたのものだと証明されてからでないと。どうしてもというなら、中に入って。この子になにがあったか説明するから。でも言っておくと、私、これから仕事に行かないといけないの」

「僕はモーが誘拐されたのかと思ったんだ。首輪には追跡装置がついていて――」

「マイクロチップをうめこむべきね」女性が玄関のドアを開けながら非難するように言った。「そのほうが安全だわ。首輪がはずれたらどうなっていたか。そのときはモーを見つけられなくなる。とにかく、なぜ犬に追跡装置なんてつけているの？」

ジェイスは深くゆっくりと息を吸った。なんておかしな女だ！　そのとき女性がついにこちらに目を向け、二人は初めて見つめ合った。彼女は化粧もなにもしていなかった。肌は白磁器を思わせ、大きな瞳の色は矢車菊そっくりの青で、ピンクの唇は罪深いほど官能的だ。

「とにかく、入るつもりなら入って。でも申し訳ないけど、お友達には外にいてもらわないと。うちはとても狭いし、今は一人の見知らぬ人に対処するので精いっぱいだから」

ジェイスは気色ばんだ。女性からこれほどぶしつけな話し方をされたのは人生で初めてで、とんでもない間違いだと思った。なぜ彼女が自分に対してそういう態度をとるのか不思議だった。たしかに僕は無礼だった。ペットになにが起こったのか落ち着いて知るのではなく、相手を攻撃したのだから。

「座って」女性が促した。「コーヒーでも出そうかと思ったけど、あなたをもてなしている時間はないの――」

「当然だ」ジェイスは彼女の自分への無関心ぶりに動揺しながら応じた。

「じゃあ、座って」女性が強い口調になった。「背の高い人が上から私を子供みたいに見下すなんて、なにがあっても許せないもの！」

女性がソファに座るとモーもソファにのぼって彼女のそばへ行き、信じられないことに、小型犬のように膝の上でごろりと横になろうとした。ポニーほどの大きさがあるので、うまくはできなかったが。

「君は異常に小さいな」ジェイスは申し訳なさそうに指摘した。

「だから？」女性が短く言い返した。

ジジは怒りっぽくて礼儀作法も知らない、大きくてたくましい目の前の男性を観察した。彼はいかにも裕福そうで洗練されていて、こちらが持っていないものを全部持っているように見えた。しかも映画スター並みに魅力的でもあった。なんの変哲もない小さな居間で祖母が使っていた肘掛け椅子に座っているだけなのに、この世のものとは思えないほどすてきだ。

彼女は自宅の窓からモーを発見したこと、車に挟まれて尻尾と足に怪我を負ったことを話した。そしてまるで男性が動物保護センターで動物を引き取る予定だというように、自分がどんな治療をしたかを説明した。「誘拐したんじゃないとわかった？」

「申し訳なかった。この子が心配で、気が動転していたんだ」男性が強調した。

「そう、結論を出すのが早すぎたのね。私もあなたに少し厳しかったかも。感情的な人は苦手なの」

「君の名前は？」男性が尋ねた。

「ジジ・キャンベル。あなたは？」

記憶にある限り、ジェイスは女性に自己紹介する必要がなかった。思いがけず新鮮な経験だった。

「ジェイス・ディアマンディスだ。君のギリシア語はすばらしいが、アクセントからするとギリシア人ではないようだね」

「ええ、イギリス人なの。この子を呼んでみて」ジジが頼んだ。「マイクロチップの問題はできるだけ早く解決したほうがいいと思うわ」

「君がどこで働いているか教えてくれれば、解決するよ」ジェイスは英語で言った。

「わかったわ」彼女がうなずいた。「犬にマイクロチップを入れないのは法律違反だって知ってる？私は動物保護センターで働いてるの」

その非難めいた言い方に驚き、ジジの膝の上で眠っている愛犬に冷ややかな目を向けながら、ジェイスは言った。「今夜、君を食事に連れていきたい。この子を助けてくれた礼をさせてくれないか？」

「そんな面倒なことはしなくていいわ。私が動物を助けるのは日常茶飯事だし。獣医は天職なの」

「それは興味深い。食事に行ったら楽しそうだ」いつになったら彼女の機嫌は直るのだろうと思いつつ、ジェイスは断言した。

「とにかく、この子を呼んでみて」

「モー！」ジェイスは言った。犬は片方の目を開けて彼を見たが、また目を閉じて死んだふりをした。

「この子は君のほうが好きなようだ。普段は頑固でもないし、言うことも聞くのに」彼はめずらしく恥じ入っていた。飼って二年になるが、犬はまったくなついていなかった。「昨日、葬儀に出るために置いてきたからすねているんだな」

「私は仕事に行かないといけないから、この子を運び出してもらえる？」ジジがやさしく頼んだ。

ジェイスは立ちあがり、玄関のドアを開けた。すると外で待っていたボディガードが二人入ってきて、モーを運んでいった。

「自分で運ばないの？」彼女が驚いた。

ジェイスの高い頬骨がかすかに紅潮した。ジジは出会った中でもっとも遠慮のない女性だった。自分のタイプというわけでもない。彼の好みは背が高く脚の長いブロンド女性であって、小柄で、生意気で、進歩的な考えの女性に興味はなかった。おまけにジジはソファの下で亀を飼い、鳥かごにはみすぼらしい鳥を入れていて、犬も片目で足が三本しかない。猫だけが唯一、まあまあまともに見える。

自分がなにをしているのかに気づいて、ジェイスはぞっとした。ジジのそばにいると頭が混乱して集中できなかった。

花束を送って、この女性のことは忘れてしまおう。彼女は僕になんの魅力も感じていないらしい。ここ数年で女性から受けたショックとしては最大だ。

親友の妻たち、長年勤める女性社員たち、これまで出会ったすべての女子学生たち。ジェイスは幼いころから、自分が異性を引きつけてやまないのを知っていた。最高の外見だけが理由ではない。彼の富と生活ぶりが女性を夢中にさせてしまうのだ。

「モーの面倒を見てくれてありがとう」

「どういたしまして」ジジが彼をいそいそと玄関まで案内した。

「もし夕食に行きたくなったときのために、僕の名刺を持っていてくれ」ジェイスは彼女に名刺を差し出した。「たぶん君には恋人がいるのだろうが――」

ジジが両眉を上げた。「冗談でしょう? 男の人なんて面倒なだけ。何年も前にわかった――」

「女性の恋人がいるのか?」なぜ質問したのかはわからなかった。しかし知る必要があった。

「いいえ、私は同性愛者じゃないわ。ただ、デートとかには興味がないの」ジジが妙に恥ずかしそうにあわてた口調になった。

ジェイスはうなずいたものの、まだ理解できていなかった。ジジの気持ちを変えたかったが、なぜ彼女が自分に無関心なのか、なぜその事実を受け入れたくないのかについては不明なままだった。ジジについても、頭の中で起こっていることについてもきちんとわかっていないせいだろうか?

彼が通りに出ると、まるで歓迎されない侵入者を追い出したというようにドアはばたんと閉まった。

「おかしな女だ」ボディガードの一人が言った。

「おまえにはわからないだろうな」ジェイスがそう

言ったとき、うたた寝しているモーを乗せたリムジンが舗道にとまった。

おかしな女すぎて、僕はジジから目が離せなかった！　だが瞳の色はギリシアの空のようで、髪には幼いころにフライパンから食べた作りたてのタフィーのような色の筋があって、顔立ちは完璧だった……。黒い巻き毛の頭を振り、ジェイスはリムジンに乗りこんだ。

「おまえは恩知らずの裏切り者だ」モーに言った。「二年もかわいがってやっているのに、迎えに行っても尻尾も振らなかったんだからな！」

ジジはほっとして仕事に向かった。

「今日は睡眠不足を解消するつもりなんだと思ってたわ」動物施設センターの動物看護師のイオアンナが、ジジを見て言った。「あなたは仕事中毒なのよ」

「昨日は遅くまで眠れなかったの。保護した犬の散歩に行ったり――」

「ジジ、あなたならコンサートに行っても犬を拾ってきそうね！」年配の女性がからかった。「でも、あなたの年齢ではそんなの生きてると言えないわ」

「私は満足してるけど」ジジは嘘をついた。

自分の男性経験について一緒に働く人に打ち明けるつもりはなかった。ロードス島の家族も含めて、最近の男性はまったくどうかしている。異母兄のうち三人は副業だと言って観光客相手に男娼をしており、一人は浮気が原因で妻と離婚している。それに父親は、ジジがおなかにいたときにはすでに彼女の母親と別れていたと主張した。けれど父親の妻カテリーナに会って、ジジはその言葉に疑問を抱いていた。カテリーナが彼女に対して、家族に割りこまないでと言わんばかりの態度をとったからだ。

実母のナディーン・ウィルソンは仕事熱心な核物理学者で、高い収入を得ていた。政府の海外のプロジェクトであちこち飛びまわっていたせいで、子育てから解放されるために、ジジは幼いころから全寮制の学校に入れられていた。母親は会議のためにギリシアへ滞在中、アキレウス・ゲオルギウと一夜を過ごしてジジを授かると、彼にも妊娠を知らせた。しかしジジの父親は娘に会いに来ることも、手紙を書くことも、世話をすることさえなかった。

アキレウスはアテネの旧市街で会社を三つ経営しており、四人の息子がいて、全員父親の下で働いていた。こういう厄介な事実をじっくり考えていたら、母が急死したあと、ジジは家族に会いたくてギリシアまで来たりしなかっただろう。けれど残念ながら、彼女は家族とのつながりを求め、自分のルーツを知りたかった。しかし彼らはジジに無関心で、受け入れようとしなかった。

「犬のことを教えて」イオアンナが言った。

そこでジジは一部始終を語った。モーが荷物のように運ばれたことも、夕食に招待されたことも。

「どうして行くと言わなかったの？　彼がすてきじゃなかったから？　年寄りだったから？」

「いいえ、あの……すごくすてきな人で、たぶん年も二つか三つしか変わらないと思うわ。名刺はもらったの」ジジはそのときのやりとりを思い出してくすくす笑い、ショートパンツの後ろポケットから名刺を取り出した。

イオアンナが名刺を手にして目を見開き、口をあんぐりと開けた。「ジェイス・ディアマンディスじゃないの、信じられない！　世界でもっともお金持ちの一人で、間違いなくギリシアではいちばんのお金持ちよ！」

ジジはピンクの唇をすぼめた。「たしかに、そんな感じだった――」

「湾に停泊している真っ黒な巨大ヨットを見てないの？」イオアンナが興奮ぎみに叫んだ。「あれは彼のもので、彼が言ってた葬儀は父親のよ。昨日、埋葬されたんですって」

そう聞いて、ジジはうろたえた。悲嘆にくれているはずのジェイスの癇癪《かんしゃく》にあまり理解を示せていなかった、と気づいたのだ。気の毒な人、と彼女は無力感に打ちのめされながら思い、招かざる訪問者に初めて同情した。

「最悪なのは、あなたが全然関心を持ってないことよ！」看護師が続けた。

「どうして私が？」ジジは顔をしかめた。「彼のお金と私になんの関係があるの？」

「彼が夕食に誘ったのに、あなたは断った！　あのジェイス・ディアマンディスにノーと言ったなんて信じられない！」

「まあ、断ったら、彼はちょっと驚いてたわ。でもすごく傲慢な人で、そこが引っかかったの。共通点がないなら、また会っても時間の無駄でしょう？」

「でも、スリルを味わうために行くべきだったわ」

「私は男性が苦手だから、うまくいかなかったわ。そんなにお金持ちなら、きっと食事をしてもへまをしたでしょうし。ねえ、今日の手術の順番は？」ジジはきいた。ジェイス・ディアマンディスとその財力、そして彼といると味わえるというスリルから話をそらしたかった。

一方そのころ、スーパーヨット海王号の上では、ジェイスが好奇心を抑えきれず、頭から離れないジジ・キャンベルについて徹底的に調査するよう命じていた。夜なら彼女も家にいるだろうと思い、花も送った。

色とりどりの野の花の入った巨大なバスケットを受け取ったジジは、自分を花好きだと思ったことが一度もなかったのでひどく当惑した。一時間近く花とカードを見つめながら、モーの飼い主はどうしてしまったのかしらと首をひねる。たぶん、あの人はお礼がしたかっただけなのよ。どんな動物が車が行き交う中を逃げまどっていても、私が同じように助けると理解できなかったんだわ。

ジジは、モーがどうしているのか気になった。あのアイリッシュ・ウルフハウンドがいなくて寂しかった。モーのことがいとおしくてたまらなかった。どういうわけか、あの犬は私の孤独感をやわらげてくれた。モーはジェイスにも同じことをしてあげているのかしら？　いいえ、あれほど魅力的で精力的で裕福な人が、心の支えみたいなものを必要とするとは思えない。

ヨットの上で、ジェイスは不満そうな顔をしたモーを見つめた。まるでジジから無理やり引き離されたというように、犬はドアのそばで悲しげに鳴いていて、彼は深いため息をついた。

2

ジェイスは動物保護センターへ着ていく服について、めずらしく真剣に考えた。いつも着ているブランド物のスーツはやめ、ジーンズとリネンのシャツを選んだ。

いずれにせよ、ジジは僕にふさわしい女性ではない。前日の夜、ジェイスはパーティを開いた。そこには見事に着飾ったとても美しい女性たちがいて、彼に舞いあがったりお世辞を言ったりした。なのに生まれて初めて、彼女たちに欲望を覚えなかった。ひどく奇妙なことに、ジジの顔が頭から離れなかったのだ。その事実に、ジェイスは悩んだ。気になるのはジジが喧嘩《けんか》腰だったせいだろうか？　これまで喧嘩腰の女性に出会った記憶はない。僕はそんなちっぽけな男なのだろうか？　そこまで考えて、彼は自分を冷笑したい衝動を抑えつけた。

ジジは特になにも考えず、動物保護センターでいつもの業務に従事していた。イオアンナはモーにマイクロチップをうめこむため、ジェイス・ディアマンディスが現れるのを心待ちにしているかもしれないけれど、彼女は違った。動物看護師は今もまるで人間世界に神が降臨するのを待っているかのような顔でうろうろしていて、ジジは名前を聞いただけで騒がれてしまう彼に同情した。それでも、ジェイスは愛犬にマイクロチップをうめこむと決めた。ギリシアの法律で決まっているから、まだならできるだけ早くしたほうがいいと言ったら、彼はショックを受けていた。

とはいえジェイスがやってくると思うと、ジジは少し動揺した。男性には見切りをつけたし、失恋は一度でじゅうぶんだった。ローリーは浮気したうえに、それをジジのせいにした。なぜなら彼女がローリーに体を許さなかったからだ。当時、二人は知り合ってまだ数週間しかたっていなかった。けれどそういう経験から、大切な教訓を学んだ。私が男性を信用することは二度とない。彼らはみんな、セックスとベッドに連れていく女性の数ばかり気にしている。大学時代にセックスのみでつながっているカップルがいたので、女性の中にもそういうタイプがいるのはわかっていた。けれど、たいていの女性はもっと自分の体と気持ちを大事にしていた。

「来た！」イオアンナがまるでジェイスのファンクラブの会員かなにかのように悲鳴をあげた。ジジはなにも言わなかった。センターで働いている女性スタッフたちも色めきたち、窓から外をのぞいたり、廊下をうろうろしたりしはじめた。

ジジはジェイスを見たくなかった。本当は見たかったけれど、そんな自分に腹がたった。彼の顔が脳裏に焼きついていたせいなのかもしれない。ジェイスは彫りの深い顔立ちをしており、眉は黒檀《こくたん》と同じ色で、鼻は男性的で力強く、大きな口が官能的だった。日焼けした細面の中で輝くエメラルドそっくりの瞳は言うまでもなくすばらしい。

たしかにジェイスは間違いなく誰よりも魅力的な外見の持ち主だが、残念ながらそんな自分にうぬぼれている。世間的な評判も決していいとは言えない。ジジはインターネットでジェイスについて情報収集した結果、彼は自分とは住む世界が違う男性だと判断していた。

「おはよう、ジジ」ジェイスが完璧に礼儀正しく挨拶したときも、彼女は使用する器具の整理に没頭していた。彼の低く深みのある声には愉快そうな響きがかすかににじんでいた。

「おはようございます、ミスター・ディアマンディス」ジジは平然と言おうとしたけれど、有頂天のアイリッシュ・ウルフハウンドにのしかかられて膝を床についた。

「すまない……リードを放すべきじゃなかった」引きしまった力強い手が伸びてきて手を握り、ジジを床から立たせた。その間、モーは興奮してあたりを駆けまわっていた。

ジェイスの手のぬくもりに全身が熱くなり、ジジはちらりと彼を見あげた。すると、きらきらと輝く情熱的なエメラルド色の瞳に吸いこまれそうになった。体温が急上昇し、ブラに包まれている胸の先がうずき、脚の間にとろりとしたものが生まれる。その感覚がいらだたしくて彼女は歯ぎしりをし、ジェイスの手を振りほどくと、あらためて膝をついて彼の愛犬に注意を向けた。

ジェイスは無視されることに慣れていなかったが、

男らしく現実を受けとめた。なぜなら目が合ったとたん、ジジの反応がはっきりと読み取れたからだ。彼女の頬は赤くなり、瞳孔は開いていて、どちらもジェイスに無関心とは言えなかった。つまりジジは僕を求めている一方で求めていないのだ、と彼は気づいて満足した。愛犬は従順な奴隷のように彼女に媚《こ》びている。これまでの経験から、モーはそれほど友好的な性格ではなく、かまってほしくて誰かに近づくことはめったにないと思っていた。だが、相手がジジだと違うらしい。

「ごめんなさい」ジジが立ちあがって、最後にモーの頭を撫《な》でた。「でも、この子がとても美しい犬だから。すごく愛情深いし」

「その……マイクロチップを装着する施術は痛いのかな?」ジェイスはきいた。

「すぐに終わるわ」ジジが器具を振りかざすと、モーがびくりとし、白衣の下にある彼女の膝をなめようとした。「やめなさい、モー」

窓から差しこむ陽光がジジの茶色がかったブロンドの髪や白磁器のように完璧な肌、ほっそりした首筋、小ぶりだが張りのある胸をやさしく照らした。彼女のそばにいるせいで体が思春期の少年みたいな反応をし、ジェイスは歯を食いしばった。石のようにこわばっている自分が許せなかった。普段は完全に自制できているがゆえの怒りだった。なのに一瞬で欲望に火がつき、裸のジジがベッドに横たわっている想像をしていた。これまで女性がベッドにいる空想などした覚えはなかったし、空想したいと思ったことも、抱いてもいない女性を欲しいと思ったこともなかったのに。

「はい……終わったわ。いい子だったわね」ジジがモーの触り心地のよい耳を撫でて言った。「ここに連れてきてくれてありがとう。おかげでまたモーに会えた。あなたのことだから、この子にマイクロチップを入れさせるのに部下をよこすと思ってたの」
そうだった、ジジはもう僕が何者なのか知ってい
るのだ。それでも彼女の態度は少しも変わらず、僕
ではなくモーに興味を示している。
「こいつはひと晩一緒にいただけなのに、君が好き
になったんだ」ジェイスは認めた。
「一緒に寝たからなのかも。とても甘えん坊だから、
寝室から追い出せなかったの」ジジが身をかがめて
モーをもう一度抱きしめた。
「モーをベッドに入れたのか？」ジェイスは黒檀と
同じ色の眉をひそめた。「そんなことを許すなんて
夢にも思わなかったよ。君を好きになるのも無理は
ない」
「悪い癖をつけてごめんなさい」ジジが笑った。低
くかすれた笑い声とともに美しい顔はいきいきとし、
青い瞳はきらきら輝き、ほほえみを浮かべたふっく
らした唇からは真珠のような歯がちらりと見えた。
ジェイスは息をのみ、彼女にキスをしたいと思った。
その衝動が強くて恐ろしくなり、二人の間に距離を
置こうとする。まるでジジにアドレナリンでも注射
されたみたいだった。
「支払いはどこですればいい？」ジェイスは尋ねた。
「受付でお願い。あなたに払えない額じゃないと思
うわ」彼と目を合わせようとせず、ジジがぎこちな
く答えた。しかし、どうしても目を向けずにいられ
ないようだ。
ジェイスは顔も美しいけれど、体はさらに美しい。
背は高く、贅肉《ぜいにく》はなく、健康的で、ウエストは引き
しまっていてヒップは張りがあり、腿と腕は力強く、
脚は長くまっすぐだ。緑色の瞳は愉快そうにこちら
を見ていて、ジジはうろたえて頬を赤く染めた。彼
のまなざしの強烈さに体は硬直していた。見つめて
いるのに気づかれてしまった。そう思って彼女は顔
を伏せた。

りげなかった。

「僕が何者かいつわかった？」ジェイスの口調はさ

「うちの看護師があなたの名前を知ってたの。あの、ほかの患者さんが待っているから」ジジはとても静かな声で促した。

彼女はまた僕を追い払おうとしている。ジェイスは驚いた。「君は僕に惹《ひ》かれているくせに、どうして一緒に食事をしてくれないんだ？」

確信をぶつけられて完全に動揺したらしく、ジジがドアに向かう途中でとまった。「私たちに共通点があるとは思えないし……私は最初のデートで男性とベッドをともにする女じゃない。だから、どちらにとっても時間の無駄じゃないかと――」

ジェイスは当惑し、形のいい頭を後ろに傾けた。あまりにはっきりと言われたのが意外だった。「君はこの僕を、ほかの金持ちと同類だと思っているのか？」

「あなたの評判を考えれば、そう思ってもしかたないと思うわ」

「他人が語る話で僕を判断するのが公平だと？」ジェイスはジジに少し厳しく言い返した。「僕はつねに人から注目されている男だが――」

「そのせいであなたはとてもめだつ」ジジの口調にはなだめるに近い響きがあった。「あなたを批判しているわけじゃないわ。あなたがどういう人生を送ろうと、私には関係ない――」

「僕は君に、関係あると言ってほしいのかもしれない」ジェイスは迷わず告げた。

ジジが笑いそうになってから真顔に戻った。プライベートジェットやヨットを所有する男が、かけらも華やかでない勤勉な獣医に関心を寄せていると考えて、おかしかったのだろう。「私は仕事に戻らなくちゃ。待合室は患者でいっぱいだもの」

ジェイスは無表情のまま顎に力をこめると無言で

うなずき、モーにリードをつけて歩き出した。なにかを壊したいとこれほど思ったことはなかった。彼の癇癪《かんしやく》は爆発寸前だったが、すでにジジから感情的と思われていたため、彼女の前では抑えつけた。

それに、僕はまったくと言っていいほど感情的ではない。批判されることに慣れていないわけでもない。部下たちとは良好な関係を築いている……はずだ。

ジジは二度も僕の誘いを断った。信じられないという思いの一方で、彼女を口説き落とさなくてはという気持ちがますます強くなっていた。調査報告書はまだ上がってきていない。ジェイスはジジという愛称がどんな名前の略なのかを知りたかった。年齢も、彼女について知るべきことはどんなつまらない情報でも得たかった。

それにしても断られた女性にまだ興味があるとは、少しどうかしていないだろうか？　ジェイスの背筋が硬直し、冷たくなった。ジジのことは忘れて、過去にしたほうがいいのに。奇妙な思いつきからもう一度彼女に会いに行ったものの、今はその行動を後悔していた。認めたくはないが、ジジは正しかった。僕たち二人に共通点などあるのだろうか？

いずれにせよ、ジジとは一夜をともにするくらいがせいぜいだ。一人の女性をほかの女性たちよりも高く評価するのは正気の沙汰ではないし、自分だけの特別な女性がいると信じるのもどうかしている。僕はそんな女性などまったく求めていないのに。

動物保護センターで、ジジは後悔していた。私は体めあての男たちから身を守ることにこだわりすぎていたのかもしれない。脳裏にはジェイスの顔が焼きついている。たかが食事の誘いを、彼が私に関心があるからという理由で断るなんてちょっと幼稚で神経質だったのでは？　たしかに昔、傷ついたとはいえ、生きていればそういう経験は避けて通れない。

ある人の望みが別の人の望みと同じであるとは限らない。それが人生であり、私は彼とベッドをともにしないいと事前に警告した。

二日後、ジジが家に帰ると、リードをつけたモーが玄関先で寝ていた。「もう、悪い子ね」彼女はとてもやさしく言った。シルクのような耳を撫でながら、犬がまた来たとジェイスに電話しなければと考えて気まずくなる。それでも彼の名刺を取り出した。

「モーを捕まえてくれたって？」ジジが話しはじめて数秒で、ジェイスが口を挟んだ。

「残念ながらそうなの。帰宅したら、この子が玄関で待ってて――」

「先週、港から君の家までの道のりを覚えていたとは思わなかったよ。僕が迎えに行く。いや、人をやって――」

「ジェイス？」ジジは彼の言葉をさえぎって言った。

「夕食をご一緒したいわ」

唖然《あぜん》としたような小さな沈黙が訪れた。「君の家に迎えの車を――」

「どこへ行くつもりなの？」

「信用していないんだな」ジェイスが文句を言った。

「身の安全を考えているの」

「僕のヨット、海王号だ」

「人がいる店のほうがいいんだけど」彼女は申し訳なさそうに伝えた。

「そしてパパラッチに囲まれたいのか？　僕が人前に出るとそうなるぞ」ジェイスが淡々と言った。

「わかったわ、ヨットへ行く」ジジはしぶしぶ承諾した。

「では八時に」

「八時半でお願い。犬二匹を散歩させないと」

電話はそれ以上話すことなく終わった。

食事に行くと返事をしたら、こうなるのはわかっていたでしょう？　まばたきをしたジジは、賢明でない決断をしたのではないかと思いながら携帯電話を置いた。

シャワーを浴び、クローゼットからシンプルなエレクトリックブルーのマキシ丈のワンピースを取り出した。ロードス島での最初の夏、ジジはギリシア人の家族ともっと交流できると思っていたけれど、誘われる機会はほとんどなかった。彼らは興味本位から一度は彼女に会ったが、それ以降は関心を失った。異母姉でもいたら、ジジにもっと興味を持ってくれたかもしれない。とはいえ自分の運のなさはわかっていたので、父親にもう一人娘がいると知ったらその異母姉は激怒しただけだろうと思った。

リムジンが〝駐車禁止〟の標識を意に介さず、ジジの家の前にとまった。彼女はすぐにモーを連れて外に出た。リムジンには乗りたくないけれど、自分の小さな車にモーを押しこもうとしたら、大きな犬はおびえるかもしれない。豪華な車の後部座席にモーと座り、膝の上の犬の頭を撫でた。「私の人生もあなたのみたいに単純だったらよかったのに」

巨大なヨットにはもともとおおぜいの乗組員がいたのか、それともよほど乗組員がジェイスの客に興味を抱いていたのか、ジジはどの方向を見ても誰かに観察されている気がした。港から乗ったモーターボートを降りた彼女は、制服姿の船長に王族のように迎えられた。その歓迎ぶりと船の贅沢《ぜいたく》さには息をのむばかりだった。

エレベーターを降りるとそこは広々とした大広間だった。

ここは明らかにパーティ用だ。

ジジはミス・ワールドに出場していてもおかしくない女性の乗組員から飲み物を勧められた。

彼は雇っている人も誘惑するのかしら？

やめなさい。ジジは自らに警告した。あなたはジェイスを新聞の記事だけで判断しているわよ。

「ジジ、出迎えられずにすまない」ジェイスが現れて謝罪した。「電話に出ていたんだ」

ジェイスを見たとたん、ジジは心臓がとまったかと思った。緑色の瞳は花火のように輝き、強烈な光を放っていて、心を揺さぶられた。ちらりと彼に目をやってから、港とその向こうのすばらしい眺めを見ようと窓に歩いていった。振り返るとモーが飼い主に駆けよっていて、その光景にも胸がときめいた。

「こいつは君を迎えに行ったんだ」ジェイスがジジも考えていたことを口にした。

「たぶんね」彼女は少し緊張しつつ笑った。

「好きな食べ物はなんだい？」

「好き嫌いはないわ。アレルギーもない」

「ジジはどんな名前の愛称なんだ？　それともただのニックネームなのか？」ジェイスは驚くほど彼女に対する好奇心が強かった。

「出生証明書にはジゼルと書いてあるから、母が短くしたかったんだと思う。ジジ以外の呼び方はされたことがないし……世話をしてくれていた養育係《ナニー》の誰かにはジゼルと呼ばれていた気がするけど」

「君はナニーに育てられたのか？」

「ええ、寄宿学校に入るまでね」ナディーン・ウィルソンは娘の子供時代を思い出して喜ぶような母親ではなかったため、ジジには幼いころの思い出がほとんどなかった。写真もほんの少ししかなく、そのうちの一部は医療記録というありさまだった。

「そのあとは？」ジェイスがさらに尋ねた。

「母はよく海外で仕事をしていたから、長期の休みには友達の家かサマースクールに行ってたわ。どうせ勉強ばかりしていたから、私はそれでよかった。たまに短期のナニーが雇われたりもしたけど、たいていは家政婦さんが面倒を見てくれた」

「共通点が見つかったぞ」ジェイスが満足げに言った。「ナニーと寄宿学校だ。僕の両親も忙しい人だった」

きらめくエメラルド色の瞳に見つめられ、ジジは少し不安になった。「食べ物の話をしていたわね？」

「このヨットにはシェフが何人もいるから、なんでも好きなものが食べられる」

「すてきね。私、料理をするのが面倒で」彼女は軽い調子で打ち明けた。「簡単な料理は脂肪やカロリーが多いから、健康的な食事をするのが大変なの。ギリシア風サラダと野菜の詰め物料理を頼んでもいい？」

「前菜はなし？」

「いらないわ。たくさん食べるほうじゃないの。あなたは遠慮しないでね」オレンジジュースを飲みながらジジは顔を赤らめ、つややかなダイニングテーブルの彼の向かいの席に座った。

「レストラン並みのもてなしをしようとしているのに、そうさせてくれないんだな」ジェイスが言った。

「あなたとここにいるのを不思議だと思っているせいでしょうね」ジジは素直に認めた。

彼が奥歯を嚙《か》みしめた。「その話は聞きたくない」指を鳴らして女性の乗組員を呼び、ジジがベジタリアンでないか確認して彼女が頼んだ以外の料理とワインも追加した。

「私、お酒は飲まないの」ジジは小さな声で言った。

ジェイスがまばゆい笑みを向けた。「心配いらない。僕が飲む」

その笑顔に、彼女の全身が活気づいた。しばらくはただ彼を見つめ、あふれんばかりの魅力に少しうっとりしたものの、やがていっそう不信感を抱いた。

「なにをそんなに恐れているんだ？」ジェイスがのんびりとした口調できいた。緑色の瞳が急に鋭くなる。「誰かに襲われた過去があるのか？」

「いいえ！」

「そういう感じだぞ」ジェイスがつぶやいた。「断言するが、僕はいやがる女性には指一本触れたりしない」

屈辱感が全身で煮えたぎり、ジジは顔を真っ赤にした。「教えてくれてどうも。私は男性とつき合ったりしないの。数年前に一度だけつき合ったけど、相手がひどかったからいやになって――」

「一度だけ？　それでいやになったのか？」

「あなたにはわからないわ」

「なぜ？」

「あなたは外向的だけど、私は内向的なの。社交の場では壁の花だし。いつもそうなのよ。ごめんなさい」

「君はありのままでいいんだ。なにも悪くない。謝るのはやめてくれ」ジェイスの言葉に、ジジは驚いた。「考えすぎないでほしい。たかが食事じゃないか――」

「すごくすてきなヨットでのね」ジジはくすくす笑いながら言い返した。

「そうだな」ジェイスがほほえみ、彼女を見つめた。「なぜここにいるのか知りたいかい？　どうしても美しい君が頭から離れないんだ。おかげでほかの人が目に入らず、頭がおかしくなりそうなんだよ！」

極度の緊張から解放され、ジジは笑みを浮かべて肩の力を抜いた。「私もそうなの」

ジェイスがぎょっとした顔になり、鋭い視線を向けた。「本気で言ってるのか？」

ジジは重々しくうなずいた。「なにかおかしかった？」

「いや……」彼が冷ややかに答えた。「それなら否定的になるのはやめるんだ。頭を忙しく働かせるんじゃなく、夜を楽しもう」

ジジは自分の自虐的な性格にうんざりしていた。母親はとても外向的な人だったから、自分とは正反対の娘に失望していた。「理にかなったことを言うのね。ちょっと意外だわ」

ジェイスが声をあげて笑った。「ジジ……僕は巨大企業の最高経営責任者《CEO》なんだぞ。それくらいできて当然だろう？」

「あなたをネットで調べたときに、間違った記事を読んだみたい」彼女は顔をしかめた。「きっとあれはゴシップだったのね。言い訳はできないわ」

「君の立場なら、僕も同じことをした。実はヨットに戻ってきてから、君について調べるよう探偵を雇ったんだ」ジェイスが認めた。「だが、彼からはまだ連絡がない。なぜか、君の経歴を追跡できないらしくてね」

ジジは目を見開いて彼を観察し、心から愉快そうに笑った。「私は遺産を相続するために、祖母の姓に変えなければならなかったの。母方のね。祖母は結婚せずに妊娠した母を決して許さず、孫に会いたいとも言わなかったのに、財産を私に遺《のこ》していてすごくびっくりしたわ。幼いころの私の姓はウィルソンだった。母は若いときに結婚して姓が変わっていたの。すぐに離婚したけど。祖母と同じキャンベル姓になったおかげで、学生ローンを完済できたのよ」

「僕が君を調査させたと話したら、怒ると思っていたよ」

ジェイスに見つめられて、ジジは軽く肩をすくめた。「私もあなたをネットで調べたから。怒ってはないし、隠すほどのこととも思わない」

最初の料理がテーブルに運ばれてきた。ジジはいつになく食欲がわいていて、ひと口ひと口を味わいながら食べた。ジェイスのおかげで、初めて彼の前でリラックスできていた。彼は気軽な話題を選び、とても礼儀正しく、一緒にいると驚くほど心地よかった。

よくわからない人だ、とジジは思った。華やかなプレイボーイだと思っていたのに全然違う。それとも、私はジェイスの演技にだまされているのかしら？　彼女は疑う気持ちを抑えつけ、あまり楽観的とは言えない考え方をしてしまった自分を叱った。ジェイス・ディアマンディスみたいにお金持ちでハンサムな人が、なぜ私のような女のためにそこまでするの？

料理が運ばれる前、ジェイスはほっそりした指をつかんだままだったことに気づくまで、ジジの手を放さなかった。ジジに頭から離れないんだ、と告げたショックから立ち直っていなかった。これまで一人の女性に執着するという過ちを犯した覚えはなかった。なぜなら、そういう行動は相手に間違ったメッセージを伝えて誤解させてしまうからだ。彼女を見るたびに、目が離せなくなるのは確かだが。もしかしたら、僕はジジを挑戦すべき対象だと思っているのかもしれない。だが、考えは変わらない。

二人で楽しい時間を過ごしても、寝室のドアの奥へ行くつもりはない。僕に下心はないし、危害を加える気もない。それならなぜ、急にろくでなしになったような気分に襲われた？

たしかにジジは繊細な性格で、僕とは正反対だ。少なくとも、これまで会った女性たちの中にジジみたいなタイプはいなかった。それにしても、どうして僕はあれこれ考えをめぐらせているんだ？

「もの思いにふけっているのかしら？」ジジがきいた。ジェイスがぼんやりと彼女を見つめていたからだろう。

「ああ、君のせいでね」

「それってほめ言葉？」

「勇気を出したかいはあったかな？」ジェイスはついからかった。ジジに惹かれるあまり、少しずつ正気を失いかけているとは伝えられなかった。

メインディッシュが運ばれてきたとき、ジェイスはジジに飼っている動物について尋ねた。彼女はすべての動物について説明していった。

「あんなに小さな亀が、いったいどうやったら飼い主の手にあまるんだ?」彼は憤慨した。

「飼いはじめたときには今以上に小さかったんでしょうね。たぶん、水槽かなにかに入れられていたんだと思うわ。でも、あの子は水槽よりも大きくなってしまった。私はハンフリーにふさわしい環境が見つかったら、自然に帰すつもりでいるの」ジジが語った。「でも、その前に自分で餌をとる方法を学ばなければならないわ。今のところは絶望的だけど。すごく怠け者なのよ――」

「時間をかけたほうがいいんじゃないか? まだ小さいんだから」ジェイスは真剣に言った。

ジジが笑った。「すてきなスーツからは想像できなかったけど、あなたはすごく動物が好きなのね」

「ああ。僕と君を交換しようとしている脱獄囚のモーは、賛同してくれないと思うが」

「いいえ、あの子はあなたが大好きだわ。ただ、女性からの注目がめずらしかったのよ」

「僕もそう思いたいところだが、あいつのことを好きな女性乗組員は何人もいるんだ。だが、彼女たちに会いに行って行方不明にはならなかった」ジェイスは急に落ち着きを失い、椅子を押して立ちあがった。「ヨットの中を案内しよう。デザートは戻ってきてから食べればいい。飲み物はコーヒーでいいかな?」

「この時間なら紅茶のほうがいいわ……どちらにしても眠れなくなることはないんだけど」ジジが無邪気に答えた。

おまえのベッドで、と言っているわけじゃないぞ。ジェイスは自分をたしなめた。どう見ても、ジジを口説き落とせるとは思えなかった。

聡明《そうめい》なジジの外見やふるまいに、ジェイスを誘惑する意図はみじんもなかった。それに彼も愚かではなかった。地味なワンピースや化粧っ気のなさ、媚びない態度からもわかるが、彼女は僕とただ時間を過ごしているにすぎない。ベッドへ行きたいなどと言ったら、三十枚にわたるアンケートに答えてほしいと頼まれそうだ。彼女は僕のために大胆な行動に出たり、誘惑に屈したりする女性ではない。ジジが好きなのは安心感や親しみやすさだが、僕にはそのどれもない。なのにセックスを目的としていなくても、彼女といると妙に心が安らぐ。ジジのなにも期待していないところ、気持ちを正直に表に出すところに癒やされているのだ。

「あなたと私って全然違う――」

「僕たちの間にこれ以上壁を作るのはやめてほしい」ジェイスは訴えた。ジジが絶えず自分から遠ざかろうとし、二人は一緒にいるべきではないと確信を強くしているさまにいらだっていた。同じ点もあると、彼女に教えてやらなくては。

「私が壁を作っているというの？」

太陽の光に照らされた宝石のように、緑色の瞳が輝いた。「答えはわかっているんじゃないのか？」

ジジの顔がピンクに染まり、自分には魅力がないと思っているのがわかった。

ジェイスは、顔を赤らめる女性と最後に会ったのはいつだっただろうかと考えた。今度顔を赤らめる女性に会ったら一目散に反対方向に逃げなくては、と自分に言い聞かせる。「君はまだ父親のことを話していないね」

「あなたも自分の経歴についてひと言も話していないわ」豪華なホームシアターをあとにし、ジムをめざしていたときに、ジジが言った。

「たいていの人は僕についてよく知っているからね」ジェイスは口を開いた。「母は僕が六歳のときに死んだが、その日、母は父を捨てて別の男と家を出た。そして、車で衝突事故を起こして二人とも命を落とした。ありがたいことに、母は僕を連れてはいかなかったんだ」

しかしジェイスの無駄な肉のない男らしい顔立ちは、限界まで引っぱられたように張りつめている。自分が母親と同じ事故で死ななかったことには感謝しているのかもしれないが、置き去りにされたことには傷ついているのだ。

横を歩くモーの耳を撫でるのをやめて、ジジは本能的にジェイスの拳に触れた。この人は洗練されているかもしれないけれど、気持ちを隠すのはうまくない。「大変だったでしょうね」

「いや」彼が反論した。「父が母にあまりに似ている僕を見るのに耐えられなくなって、僕とナニーを祖父母の家に預けたのに比べればどうということはなかった。祖父は病気がちで、幼い子供の面倒を見たがらなかったしね」

ジジは胸が痛くなった。とてもやさしい心を持つ彼女にとって、ジェイスが幼いころにされた仕打ちに同情するのは簡単だった。彼は家族から拒絶されながら生きてきた。私も似た経験をしている。母親は私を食事や衣服を与えて育て、教育を受けさせてくれたけれど、愛情はくれなかった。

「どうした?」ジェイスがきいた。「気のきいた言葉をかけてはくれないのか?」

「あなたが話したがらない理由がよくわかったわ。二度と言わない。だから皮肉はやめて」ジジは彼から手を離して警告した。

「結果的には幸せだったよ」ジェイスは彼女との無邪気な触れ合いが恋しくなり、そんな自分にいらだった。「祖父母の家へ行って数週間後、父のいちばん下の弟とそのパートナーが僕を引き取ってくれた。一族のみんなは喜んだよ。僕を育てたせいで、いちばん力のある父に嫌われたくなかったんだろうな」

「お父さんの弟さんは大丈夫だったの？」

「叔父は父に経済的に依存していなかった。彼とマーカスは、ヨーロッパで画廊を経営して大成功をおさめている。二人が僕と暮らしてくれてとても幸運だった」ジジは身を乗り出して美しい目をこちらに向けていて、彼はそれをチャンスと取った。

ジェイスは人さし指でジジの腕をゆっくりとなぞり、繊細な鎖骨を撫でた。彼と違ってジジは小柄で、驚くほど華奢《きやしや》だった。

「ジェイス？」彼女が震えるようにささやいた。

彼はジジのやわらかな唇をやさしく味わい、無言で彼女の体に両腕をまわして抱きしめると、次の瞬間、決して飽きることはないというように今度は唇をむさぼりはじめた。

爆発しそうなほど熱烈なキスの合間に、ジジはこの行為はいいことだとぼんやりと思った。なぜなら彼女も飽きるとは思えなかったからだ。ハイヒールをはいてくればよかったと思いながら、彼女は両腕をジェイスの大きな肩にまわした。彼の舌が口の中に差し入れられると、その感覚に震えあがる。まるで猛烈な強風の中に立っているみたいだ。ダイナマイトに吹き飛ばされたような衝撃とともに、ジジは悟った。これは私がずっと願っていたのに決して見つけられなかったものだ。もはやとまどいも不安も消えていた。体はジェイス・ディアマンディスをずっと待っていた気がした。

息を切らして、二人は離れた。残りの部屋を見てまわる間、ジェイスはジジの手を放さなかった。

3

ジジは月明かりの中でジェイスを見た。モーターボートで港まで戻る間、彼は思案にふけっているようだった。二人のまわりにはボディガードが何人もいる。ジェイスは勝手に写真を撮られるのを好まず、どんなことをしてでも自分の行動をパパラッチに撮られまいとしていた。

ジェイスが無言でジジを引きしまったたくましい長身に抱きよせると、すさまじい衝撃が彼女の全身を駆けめぐった。心臓は激しく打ち、胸の先は痛いくらいにうずき、下腹部の奥が締めつけられる。胃の中は蝶《ちょう》が舞っているみたいで、なにも考えられなかった。

「ここには僕たち二人だけだ」ジェイスがありえないことを言った。

まわりに何人も男性がいるのに、ジジはキスをされたくなかった。たとえ、彼らが注意深くよそを向いていても。「こんなの変よ」彼女はささやき、小さな両手をジェイスの大きな胸に広げて二人の間に距離を作った。「あなたはヨットに残っていればよかったのに」

「君と離れたくなかったんだ」彼がうなった。

「朝になればまた会えるわ」動揺した口調で言ったけれど、ジェイスの情熱的なまなざしを見て声が出なくなった。薄暗いので瞳の緑色は陰っていたが、そこに浮かぶ意志の強さは変わらなかった。

「君が帰ると言わなければよかったんだ」

「ペットの世話があるもの」ジジは先ほど説明した理由を繰り返し、片方の手をジェイスの胸からがっしりした肩にすべらせて彼を見つめた。

「ペットの世話なら僕がなんとかする――」

「あなたってときどき子供みたい！」突然腹立たしくなって、ジジはジェイスの耳元でささやいた。

「自分の思いどおりにならないとすぐ怒るのね」

「怒ってはいない」ジェイスは白い歯を食いしばった。今までついた中で最大の嘘《うそ》だったが、また〝感情的〟というレッテルを貼られたくなかった。感情的な人間は息子を拒絶した父親や息子よりも恋人を取った母親のように、しばしば取り返しのつかない過ちを犯す。そういう過ちを犯すつもりはなかった。

ジジは空いているほうの手でジェイスの胸を突いた。「あなたって本当に嘘つきね！」口調に理解がこもっていたのは、彼女もジェイスから離れるのが大変だったからだ。

そのせいでジジは深く動揺した。ジェイスから感じるつながりを、ほかの男性から感じた覚えはなかった。特別だと思えるほどの親しみを抱ける相手なんてめったにいるものじゃない。それでも彼女はうれしい一方で恐ろしかった。なにを感じていようと私はジェイスをよく知らないし、少なくとも二人はまだ出会ってまもない。それなら先を急ぎたくはなかった。一歩引いて、ひと息ついて、前に進むのが賢明かどうかを見極めたかった。家族に幻滅しているジジは、心を危険にさらす前に自分を守ることを学んでいた。

「君は必死に僕と一緒にいるべきでない理由を考えている」ジェイスが顔を近づけ、なにもかも見透かしているような口調でジジの耳元にささやいた。

「なぜ僕が君をヨットに引きとめようとしたと思う？　ベッドに誘いたかったからだ」

ジェイスの口から〝ベッド〟という言葉を聞いたとたん、ジジは体の奥底に火がついた気がして震え出し、なにか言おうと頭をフル回転させた。けれどあまりに強烈な魅力に対する解決策は見つけられなかった。考えるよりも前に彼に先手を打たれたことが恐ろしかった。「明日まで待って」彼女はしっかりした声で告げた。抵抗できない男性にそう言えたことが誇らしかった。

「では明日」ジェイスがジジとはまったく違う口調で返し、飢えたように彼女の唇を奪った。深く差し入れた舌をジジの舌とからみ合わせる。彼女は立っていられなくなり、ジェイスの腕にすがった。まるで明日が百年先にあるみたいなキスをした人は過去に一人もいなかった。

ジェイスが身を引いたとき、ジジはモーターボートがすでに港に到着していて男性たちが彼の指示を待っているのに気づいた。顔がとんでもなく熱くなったけれど、頭を高く上げて彼にボートから降ろしてもらい、陸地に降りたって待っていた車に向かった。ジェイスは私とは別世界の人間で、なにがよくてなにが悪いかも私の世界とは違っている。ジェイスがまだこちらを見ているとわかっていても、ジジは振り返らず、深呼吸をして落ち着きを取り戻した。残念ながら、彼にかきたてられた情熱はなかなか静まらなかった。

家に帰ったジジはベッドに潜りこんだ。悶々《もんもん》とするには疲れすぎていてすぐに眠りについた。

土曜日の朝はまずペットの世話に追われた。それから簡単な手術を行うために動物保護センターに出勤した。高額な治療費を払う余裕のない人たちのために、土曜日の午前中はボランティアをしているのだ。だから出かける支度をしている間だけ、ジェイスに思いを馳《は》せた。

土曜日の朝九時に突然玄関のドアが大きくノックされて、ジジは驚いた。ドアを開けると、やってきたのはギリシア人の父親と四人の異母兄たちでさらに驚いた。「なにかあったの？」

アキレウス・ゲオルギウが険しい顔で中へ入って

きた。「ああ、とんでもないことがあった」ひどく冷ややかな声で答え、殺人事件の裁判で証拠を提出するみたいに重々しく新聞を差し出した。

顔をしかめてジジは新聞に目をやり、屈辱で顔をピンクに染めた。ジェイスが対策を講じたにもかかわらず、二人が船上でキスをする写真やマリーナでジジがモーターボートから降りる写真が掲載されていたのだ。その瞬間彼女は、ジェイスがパパラッチを警戒しすぎだと思っていた自分を叱りつけた。明らかに望遠レンズを持ったパパラッチが二人を見つけ、スクープ写真を撮ったのだ。

「どうやって彼と出会った？」異母兄の一人が尋ねた。五人の男性たちは全員いらだっていた。

「道路で怪我《けが》をしていた彼の犬を助けたの」ジジは静かに答えた。「それがなんの関係があるの？」

「なんの関係があるだって？」別の異母兄が驚いて口を開いた。「まともな女ならつき合わない男と一緒にいるところを写真に撮られたくせに！」

「彼ってそんな人なの？」

「残念だがそうだ」父親が言った。「ディアマンディスは女性関係の評判がよくない。君はその事実を知らなかったんだな」

期待に満ちた顔で尋ねられたものの、ジジは肩をすくめた。「いいえ、彼の評判ならネットの記事を読んで知っていたわ」

「それならどうして――」

「正気なのか？」

「どんな男がおまえを欲しがる？」

「ゲオルギウの名を汚す気か！」

口々に非難されて、ジジはさらに背筋を伸ばした。「でも、私はゲオルギウ家の一員じゃない。あなたたちの家族でもないわ」

「君は私の娘だろう！」父親が宣言した。

「それに僕たちの妹だ！」異母兄たちも続いた。

この一年半、なんとかして家族の輪に入ろうとしていた間には一度も聞かなかった言葉だった。そのころは祖母のヘレネーがまだ存命で、家族は病気の祖母を見舞うたび、ジジとも顔を合わせていた。

「息子たちを外へやって」彼女は父親に言った。「あなたとだけ話をするわ」

異母兄たちは異母妹の態度に憤慨し、怒った顔で出ていった。

「お節介はやめて」ジジは父親に告げた。「私は二十三歳の自立した大人よ。だから好きなようにするけど、あなたと対立したくはない。父親だったことは一度もなくてもね」

「私は心配なんだよ。君は自立しているが、彼は女たらしだ。傷つくのを見たくない」年を取ったがまだ魅力的なアキレウスの顔には罪悪感と当惑が浮かんでいて、彼女はやさしい気持ちになった。どうやらこの人は自分の気持ちを打ち明けたり、私の母親との間にあったことを認めたりできないでいるらしい。母親も話すのをいやがっていた。

それでも傷つくのを見たくないと言われて、ジジのいらだちはおさまった。「申し訳ないとは思うけど、私はもう大人だから誰の指図も受けない。私もジェイスも独身だわ。もし彼が既婚者だったり、犯罪に手を染めてたりしたら反対されるのも理解できる。でもこの状況は違う。彼は大金持ちであっても立派な実業家で、後ろ暗いところなんてないわ」

アキレウスが心配そうに言った。「そうならいいが。しかし彼の女性関係の評判はよくないし、贅沢《ぜいたく》な生活がしたいという君もどうかしている」

「そんなことは望んでないわ。でもジェイスのことは好きよ。ハッピーエンドは期待してないけど、しばらく会いつづけるつもり」

アキレウスがうなずき、とても気まずそうにつけ加えた。「私たちの関係がもっと違っていたら――」

ジジはたじろいだ。「そうね。でも私以外の誰も努力してくれなかった」残念だという気持ちをこめて告げた。

数分後、父親は勧められたコーヒーを断り、親子関係を緊密にする機会に背を向けて帰っていった。ギリシアの家族から初めて家族として扱われたのが、早朝から家に押しかけてきて非難されることだったとは皮肉な話だ。それでも一年半前に彼らと仲よくしようと目を輝かせ、必死に楽観的に考えていたころに心に負った傷のほうが深かった。言葉で自分を守り、家族との間に一線を引いたおかげで、ジジの気分はよかった。相手に屈したり謝罪したりせず、言いたいことを言えたのがうれしかった。

パパラッチが自宅を突きとめた気配はなく、ジジはほっとしながら仕事に向かった。願わくはどこの誰なのか知られないままでいたかった。けれどその希望は、イオアンナが勤務日でないにもかかわらず手術室に駆けこんできて打ち砕かれた。「全部話して！」動物看護師は開口一番そう言った。

「新聞の写真で私だとわかったのね」ジジは顔をしかめた。

「とてもいい写真だったわ。センターにいる誰もがわかったんじゃないかしら。誰かがメディアに話したらあなただと特定されるでしょうね……確実に」

ジジは港まで自分の車で行くとジェイスにメールを送ってから、手術室を出てホッピーと小さな車に乗り、彼女の写真を撮ってお金を稼ごうとするパパラッチをやり過ごそうとした。そのため格好はジェイスがデートする女性というより、ホームレスそっくりになった。髪を頭の高い位置でポニーテールにし、暑くてもスウェットパンツにオーバーサイズのパーカーを合わせた。港に待っていたモーターボートにホッピーをかかえて乗りこむと、涼しい風を楽しみながら湾の外に停泊している漆黒の巨大なヨットに向かった。

ジェイスと会う前にお世辞にもすてきとは言えない服を脱ぐ時間があると思っていたのに、モーターボートから降りたとたん彼に声をかけられてジジは驚いた。

「いったいなにを着ているんだ？」

がっかりして、彼女はジェイスの引きしまった力強い体から視線をそらした。いつもと同じく彼の服装はカジュアルなのにすばらしく洗練されている。黒い巻き毛は少し乱れ、細身のチノパンをはいた脚は長い。Tシャツの下の胸は筋肉質で、息をするたびに信じられないほど固そうな胸筋と腹筋が動くのがわかった。

ジジは口が乾いた。相手がまだ返事を待っているのに気づき、小さな声で答える。「変装していたの。ここに着たら脱ぐつもりだった――」

黒檀《こくたん》色の眉根が寄った。「なぜ変装なんかしたんだ？」

「今日の新聞に私の顔と、私たちがキスしている写真が掲載されたから」ジジは嫌悪をあらわにした。

彼女の反応に、ジェイスが驚いた。女性はみな、自分と一緒に新聞に載るのを喜ぶと思っていたらしい。気を取り直したのか、彼がしゃがんでホッピーを撫《な》でた。ホッピーは三本足でぴょんぴょんはねて彼に飛びつき、それからモーのところへ行った。自分より大きな犬なのに怖くないようだ。

「私は人に気づかれたくないの。静かな匿名の生活が好きなのよ」

ジェイスが顔をしかめた。「すまなかった。僕がプライバシーを守れるのは私的な場所にいるときだけなんだ。会社にいても写真を撮られるリスクは避けられない」

「あなたのせいじゃないわ。着替えてくるわね」ジジは言った。

ジェイスの緑色の瞳がきらりと光った。飾らない格好をしていても、ジジは褐色がかったブロンドの髪に陽光がきらめいていて美しかった。オーバーサイズのパーカーの上のほっそりした首筋も、大きな青い瞳も、ヒアルロン酸を注入していないふっくらしたピンクの唇も同様だ。彼は下腹部がこわばるのを感じたが、ジジを船内に案内することに集中した。

ジジは二分もしないうちにふたたび現れ、その速さにジェイスは驚いた。今はビキニのトップスのようなものの上にTシャツを着て、ショートパンツをはいている。ビキニの紐《ひも》を目にして、彼の口の中に唾がわいた。女性は肌をあまり見せないほうがセクシーなのではないか、と思ったのは初めてで、彼の周囲の女性たちはしない考え方だった。海王号でパーティを開けば、必ずと言っていいほど裸になりたがる女性が一人はいた。

「今日はこれからなにをするつもりなの？」

「小さくて人のあまりいない島のこぢんまりした食《タベ》堂《ルナ》で昼食をとったら、海水浴か日光浴か、とにかくリラックスするためになにかしよう。君はそうするのが好きなんだろう？」ためらってから続ける。「どこかに買い物に行ってもいいが――」

ジジの繊細な鼻にしわが寄った。「どうして私が買い物に行きたがると思ったの？　週末なんだからリラックスしたいわ」

心底不思議そうな質問を愉快に思いつつ、ジェイスは彼女を上層のデッキに連れていき、飲み物を頼んだ。

ポニーテールをほどいたジジは、動き出したヨットの手すりのそばで髪を風になびかせた。ジェイスはそんな彼女に水滴のついたグラスを握らせた。「十分足らずで目的地に着く。新聞を見たときはショックだっただろう。今にして思えば、港に戻る君につき合った僕が愚かだった」

「父と兄たちが持ってくるまでは見ずにすんでいたの。みんな、激怒していたわ」

「お父さんとお兄さんたちが？　ローデス島に家族がいるのか？」

「家族というのは大げさね。彼らに会ったのは一年半前が初めてなの。その前は、ギリシア人の父と母親違いの兄たちについてなにも知らなかった」

「君は半分ギリシア人なのか」ジェイスは驚いた。

「どうして知らなかったんだ？」

ジジがたじろいだ。「私、両親のなれそめを聞いてないの。母はかなりの秘密主義で、私がそういう質問をすると気まずいのか怒って――」

「だが、君のルーツでもあるだろう？」

「ええ、私もそう思ってた。父がその空白をうめてくれると期待してたんだけど、父も教えたくないみたいで。結婚していて、四人の男性の父親だからでしょうね。母はアテネで会議に出席していたとき、父に出会ったの。そして、私を妊娠して産んだことを父に伝えた」

「それで今も答えを知ろうとしているのか？」

「母が動脈瘤《りゅう》の破裂で急死したあと、ほかの家族とのつながりが欲しくなったの。それならロードス島へ行くしかなかった。島で仕事を見つけて、父に電話したら――」

「そのときのお父さんの反応は？」ジェイスは好奇心に駆られてきいた。

「父は涙を流して喜んでいるみたいだった。ただ私が実際に島へ来てからは、それほどうれしそうじゃなかったわ」ジジがため息をついた。「よぶんな部屋があるから祖母のヘレネーの家に行くといいと言われてそうしたんだけど、祖母が本当に必要としていたのは介護人だったの。それで、ここでの最初の一年間は便利な下宿人という感じだった。私は祖母が大好きだったし、関係はとてもよかったわ。でも残念なことに、ヘレネーは息子と私の母がどういう関係だったのか、なにがあったのかを知らないようだった。父は当時の出来事を自分の母親に打ち明けていなかったみたい。祖母は三カ月ほど前に亡くなったわ。いずれはイギリスに戻るつもりだけど、いつになるかはわからない。動物保護センターでの仕事は楽しいし、いい経験をさせてもらってるしね」

ジジがギリシアを離れる予定でいると聞いて、ジェイスは緊張した。「とにかく飲もう。今はヨットにいるんだから」

ジジはしばらくもの思いにふけっていた。以前ほどイギリスに帰りたいとは感じていなかった。ペットを運ぶためにかかる膨大な費用と、移動がペットに与える苦痛を考えただけでも胃が痛くなった。さらにはイギリスには親しい友人もいないし、帰らなくてはならない理由もなかった。せいぜい売りに出している母親の家が最後の絆《きずな》と言えるくらいだろう。

ジジはグラスの中身を飲みほすと真っ青な空を見あげ、その下の手つかずの自然が残る小さなビーチと切りたった崖を見つめた。崖の急な勾配にしがみつくように、岩の隙間からは低木や頑丈な小さな木が生えている。「あそこって、のぼるのは大変かしら？」

「いや、適切な靴をはけば大丈夫だ。道がある」

ジジはバッグをかかえ、二匹の犬を従えてヨットからやわらかな砂の上に降りたった。サングラスをかけたジェイスも彼女の横に飛びおりた。二人の後ろには屈強な四人のボディガードがいる。ジェイスは寝室と浴室にいるとき以外、一人になることがなかった。そういう状況はきっとわずらわしいに違いないが、長年そうやって守られながら成長してきたせいで、ジェイスは彼らがいる生活にすっかり慣れているのだろう。

ジグザグのゆるやかな坂をのぼる前に、ジェイスがジジの肘に手をかけた。「あなた、前にもここに来たことがあるのね」彼女は言った。

「この島には何度も来ているが、人を連れてきたのは初めてだ。ここに来るのは一人になりたい気分のときだけだよ。素朴な雰囲気が好きなんだろうな。食事もおいしいし、景色も最高だしね」

タベルナは坂をのぼった先にあった。「最高だわ」ジジは崖っぷちまで歩いて太陽の光にきらめく海と、はるか眼下に停泊中のヨットを眺めた。

小柄な男性がタベルナから現れて、今日のメニューについてすらすらと説明した。どうやら文字のメニューはないようだ。ジジが日陰にある手作りらしきテーブルにつくと、オーナーらしき男性がテーブルをきれいにふき、若い男性が冷たい水のグラスを運んできた。二匹の犬も日陰に横たわった。ホッピーはモーにまとわりついては子犬のようにあしらわれていた。

ジェイスに勧められ、ジジは魚料理を選んだ。椅子は驚くほど座り心地がよかった。

ジェイスが目を細くし、くつろいでいる彼女を見た。「なぜ君の家族は新聞を持ってきたんだ?」

ジジはひるんだ。「きかないで――」

「いや、ききたい」彼が言い返した。「なんとなく、僕に関係あるんじゃないかと思うんだ」

「彼らに言わせると、まともな女性はあなたとつき合ったりしないって――」

「君は僕がデートした初めての女性なのに」ジェイスは〝デート〟という言葉を口にするのが苦痛なようで、引きしまった途方もなく美しい顔は陰鬱そうだった。

「女性を愛しては別れることで有名なあなたが、どうしてそう言えるの?」

「彼女たちとはデートじゃなくてセックスをしてい

ただけだ。僕は彼女たちを愛していなかったし、恋もしたことがない。相手もいずれ別れるのはわかっていた」ジェイスが表情豊かなジジの目を、獲物を狙う鷹《たか》のように注意深く観察しながら答えた。「僕は女性に変な期待を持たせたりしない。関係を持つときはすべてを率直に伝えている」

正直な彼の言葉を理解したくて、ジジの頭はメリーゴーラウンドのように高速で回転していた。「じゃあ、あなたは私となにをしているの？」パンとチーズとワインを運んできた年配の男性にほほえむ。

「まだわからないんだ」ジェイスがにっこりした。「わかったら知らせるよ」そしてワインのボトルを持ちあげた。

「私は一杯だけにしておくわ」

オーブンから出したばかりのパンはまだ温かく、塩気のあるチーズとよく合い、魚は新鮮でやわらかく口の中でほぐれた。二人は時間をかけて食事をとり、楽しい会話を交わした。ジジが二十三歳だと告げると、ジェイスは驚いた。飛び級により十五歳で大学に入って卒業したと説明されて、やっと納得する。

「つまり、勉強ばかりしていたという話は誇張じゃなかったわけだ」ジェイスがからかった。

「まあね。いつも年上と一緒だったから、同級生たちとまじわる機会がなくて友達が全然作れなかったの。年を取って初めて、自分には社交の才能がないんだと気づいたわ」

「君はじゅうぶん社交的だよ」ジェイスがつぶやいた。「僕にはパーティ好きという評判があるが、それは長時間働いている反動なんだと思う」

二人は小道を歩いてビーチに戻った。そこにはすでにブランケットが広げられ、飲み物を冷やしたクーラーボックスが用意されていた。ジェイスの人生は巨万の富と多くの人々によって支えられているらしい。

ジジはショートパンツとTシャツを脱いだ。そのとたん、ジェイスの視線が気になった。ホルターネックのインディゴブルーのビキニは控えめなデザインで、胸の谷間もヒップもきちんと隠れているし、持っている下着の中にはその水着よりも露出度の高いものもある。しかしジェイスはなぜかジジが一糸まとわぬ姿で、男性の視線を釘《くぎ》づけにせずにはおかないモデル並みの見事なスタイルだというようなまなざしをそそいでいた。全身をピンクに染めた彼女は海に入っていき、力強く自信を持って泳ぎ出したけれど、その間もジェイスを意識していた。

ジジらしくない行動だった。基本的に彼女は仕事中心に生きていた。獣医は生きがいであり、自信を与えてくれる職業で、助ける動物たちも愛していた。選んだ分野で若くして成功するためには強くなければならなかった。つまり、かつて母親に反対されたとおりの人生を送っていた。

しかしジェイスは、実はジジに精神的にも肉体的にもいろいろな面があると教えてくれた。彼とキスをしたときは世界が消え去ったかと思った。思春期の妄想だと決めつけていたのは間違いだった。そして初めて男性を欲しいと思った。

ジェイスは将来を考えればふさわしい男性ではないかもしれないけれど、私は真剣なつき合いを望んでいるの？　二十三歳で、異性には奥手な人生を歩んできた。やっと自立した生活が送れるようになったのに、結婚やパートナーに縛られたいとは思わない。今は仕事があればいい。私は獣医をしていたい。

それなら、魅力的な男性とベッドへ行くのは正しい選択という気がする。自分と同じく結婚に興味のない男性が奇跡的に目の前に現れているのに、なぜ自らの望みを否定しなくてはいけないの？　ジェイスは魔法の力でもない限り、一緒にいられるとは思えない男性なのに。

泳ぎがうまいジジを見ても、ジェイスは驚かなかった。モーは波打ち際に座り、その横ではホッピーが鳴いている。二匹は不安そうに彼女の帰りを待っていた。色あせたビキニを着たジジに、彼の頭はぼうっとしていた。それにしても……なんてすばらしい体だろう。小ぶりだが張りのある胸、ほっそりしたウエスト、太陽に温められた桃みたいなヒップ。彼女に手を伸ばしたくなったが過ちを犯さないよう、ジェイスは砂に手を突っこんだ。いつからこんな態度をとり出したんだ？ 彼にとって自制心を働かせるのは、女性に真剣になること以上に不自然な行動だった。

僕は感情に振りまわされはしない。ジジもそれを望んでいる。彼女はそうは言わなかったかもしれないが、気持ちは伝わってきた。感情はビジネスにおける僕の強みを鈍らせ、弱くしてしまう。波瀾《はらん》万丈だった子供時代から、僕は恋をしてはいけないという厳しい教訓を学んだ。

アルゴス・ディアマンディスはジェイスの母親でイタリア人の有名オペラ歌手だったアレッシア・ロッシと熱烈な恋に落ちたあげく、嫉妬と独占欲を燃やして彼女に執着した。長兄を忌み嫌っていたエヴァンデルは、アルゴスが再婚しても亡きアレッシアに捨てられた過去から立ち直っていなかったと言った。父親が抱いたような強迫観念的な愛が実らないと、しばしば愛とは正反対のものがあとに残る。ジェイスはその事実を父親に捨てられた日に学んだ。強迫観念的な愛は男を不安定にするのだ。そこまで考えて、彼はぞっとした。

ジェイスの祖父は資産家令嬢のエレクトラ・パパスとつき合っていた。癇癪《かんしゃく》持ちで浮気症だった彼女は祖父最大の悩みの種でもあった。祖父は恋人の欠点を知りながらも結婚したが、数カ月後に離婚した。それから十年後、二人は再婚し、やがてエレクトラは夫を失った。

八十歳になろうとする祖母のことは好きだし、今は尊敬しているが、祖父もまた一人の女性に執着していたのだ。ジェイスのこわばった背筋に戦慄が走った。彼は祖父や父親の二の舞を演じるつもりはなかった。ジジとは距離を置いて、あとくされのない気楽な相手をさがしたほうがいい。自分のために新しいビキニを買う気もない女性を気にするなどどうかしている。

そのとき、ジジが濡《ぬ》れた長い髪を手で絞りながら海から上がってきた。スタイルのいい体から水がしたたり、ふっくらしたピンクの唇が笑みを形作っているのを見て、ジェイスは瞬時に立ちあがった。岩場で歌い、船乗りを海へ誘うという妖精セイレーンでも、これほど強い反応を引き出せるとは思えなかった。

ジジはブランケットに膝をついてタオルに手を伸ばした。「あら、ずいぶん深刻そうな顔をしているのね」

ジェイスは水着姿の彼女の前にそびえるように立っていた。笑ってはいないものの、心臓がとまるほどすてきでセクシーなのは相変わらずだ。

彼が矢車菊と同じ色をした瞳を見つめ、しゃがみこんでジジと目を合わせた。大きな手で彼女の頬骨を丁寧になぞり、ゆっくりと身を乗り出してキスをする。

「ボディガードたちが見てるわ」ジジは息をのんだ。

「気にしなければいい」

ふたたびキスをされて、ジジの頭の中が真っ白になった。官能的で甘美な歓喜が下腹部をまっすぐに刺激する。ほてりを静めようと腿と腿をきつく合わせたとき、彼女はジェイスに引きよせられ、彼の膝の上に倒れこんだ。「ジェイス――」

「海に入って冷やすか……ヨットに戻ったほうがよさそうだ」冷ややかでぶっきらぼうな声はいつものジェイスだった。だが答えを求めてジジを見つめるエメラルド色の瞳には、冷静さなどみじんも存在していなかった。

「ヨットへ戻りましょう」そうささやいたあとで、ジジは自分の大胆さにうろたえた。

驚いたジェイスを見て、ジジは頬を紅潮させた。彼が携帯電話を取り出して、平静とは言えない声で話した。それから感謝するようににっこりし、彼女をかかえて海へ入っていった。

4

ジェイスはジジの全身を数枚のバスタオルでくるむと、迎えに来たモーターボートへ運ぶために彼女をかかえあげた。

「こんな姿、ばかみたいだわ！」ボートでヨットへ戻ってきたとき、彼女はジェイスの耳元で文句を言った。「下ろしてちょうだい」

「僕は君のプライバシーを守っているんだ」ジェイスは、ジジの美しい顔と体に欲望を抱いていいのは自分一人だと強く思っていた。乗組員もボディガードもほとんどが男だ。それなら目も見えれば二人の関係を疑いもするし、空想もするだろう。ジェイスは彼らからそうする機会を奪っていた。なぜならここにいる間、ジジの裸を想像していいのは自分一人だけだからだ。

「頼むから下ろして！」

「バスタオルが落ちるぞ」ジェイスは言うことを聞かず、ジジをボートから無事降ろすとヨットのエレベーターに向かい、肘でボタンを押した。

「横暴な人は嫌いだわ」

「僕はそんな男じゃない」ジェイスは平然とつぶやいた。「隙あらば横暴になるのは君のほうじゃないか」

「そんなことないわよ」ジジは否定し、片方の腕をジェイスの首にまわして体を安定させながら彼の肌のすばらしい香りを吸いこんだ。海水に新鮮な空気とシダーウッド、それにジェイス独特のなにかがまじった香りがする。

あなたが初めての男性だと、私はジェイスに言ったほうがいいのかしら？　彼に変だと思われたとしても、なぜ気にする必要があるの？　ジェイスが相手なら、一夜限りの関係で終わるのは間違いない。それが人生というものなのだ。私は今からそのことを心にとめておく必要がある。ジェイスはプレイボーイかもしれないけれど、少なくとも正直な男性だ。私には一度も嘘《うそ》をつかなかったし、自分も偽らなかった。

それでも心のどこかでは、二度とジェイスに会えないのを残念に思う気持ちもあった。彼を心の底から好きでなければ、ベッドをともにしようとは思いもしなかった。めったにない魅力を持つ男性が好意を寄せてくれたうえに相性もとてもいいなんて幸運は、二度と私には訪れない気がする。

ジェイスがジジを広々とした部屋で下ろした。ガラスのスライドドアの向こうに椅子やテーブルがあるウッドデッキや海が見えなければ、ヨットに乗っているとは気づかなかったかもしれない。ジジは不安な思いでスライドドアに背を向け、体に巻かれていたバスタオルの一枚を床に落とした。目は巨大なベッドに釘《くぎ》づけで、口の中はからからだった。

「飲み物はいるかい？」

ジジは振り向いた。「水をお願い」

「ひどく緊張しているな」ジェイスが息をつき、漆黒の眉をひそめた。「君にはもっと考える時間が必要なのでは——」

「ベッドをともにするかどうかについて話さないといけないとは思わなかったわ」ジジは勢いよく水を飲みほした。体の中心から熱くなっていて、自分ではどうすることもできなかった。

ジェイスの引きしまった浅黒い顔がほころんだ。

「僕が原始人のように君をベッドに放り投げて、無言でセックスを始めると思ったのか？　いくらなんでもそこまで無粋じゃない」

「恥ずかしい。私、一度も経験がないの」ジジは小さな声で認めた。「言うつもりはなかったんだけど、あなたのせいで緊張しちゃって」

ジェイスがふたたび眉をひそめ、目を細くした。

「一度も経験がないって、セックスのか？　ありえない——」

彼女は頭を高く上げ、矢車菊と同じ色の瞳で見つめ返した。「ありえるわ。私が証拠よ」

ジェイスがひどく困惑した顔で息を吸った。「バージンとベッドをともにした記憶はないが、気をつけるよ」低い声で告げる。「だが、迷いがあるならやめておこう。君に後悔させたくはない」

そう言いながらも、ジェイスは自分を笑いたくなった。いつから僕は女性の繊細な気持ちを気にするようになったんだ？　それでも、自分との経験がジジにとっていやな思い出になるのは避けたかった。決して彼女の最初の相手になりたくないわけではない。それは絶対に僕にとって名誉だ。一時的にとはいえジジを特別な存在だと思っているなら、彼女のためにこれから起こるすべてを特別な経験にしなければ。

ジェイスがなにか思い悩んでいる間、ジジはベッドの端に腰を下ろして靴を脱いだ。「海で泳いだからシャワーを浴びたいわ」

彼がもの思いから覚め、部屋を横切ってドアを開けた。

最高の設備が調った浴室は、透明なガラスと金色の縞《しま》が入った黒い大理石でできていた。濡《ぬ》れたビキニを脱ぎ、シャワーの下に立ったジジは、自分のバッグを持ってきてもらえばよかったと思った。けれど、棚には女性が使いたい品がすべてそろっていた。明らかに、ジェイスは定期的に女性とシャワーを浴びているのだ。そこまで考えて、彼女は鼻にしわを寄せた。私には関係ない話だけれど。

〝おとぎばなしに出てくる王子さまなんて、この世にはいないのよ〝ジジが十四歳のとき、母親は娘の部屋の壁に貼ってあった男性バンドのポスターをはがし、くしゃくしゃにまるめてごみ箱に放りこむと、きつい口調で言った。〝今からそう考えておきなさい。好きなときに男性から喜びを得るのはかまわないわ。彼らはその一点でしか役に立たない存在だしね〝

母親は男性に関してひねくれた考え方をしていたという思いは振り払って、ジジは髪を乾かし、身だしなみを整え、引き出しから未開封の歯ブラシを見つけた。でも、いちばん年齢が近い異母兄たちは男娼《だんしょう》をしている。彼女は目を固く閉じ、私がジェイスを利用しているのなら彼も私を利用している、だから体を重ねてもなんの問題もないと自分に言い聞かせた。愛情深いとは言えなかった母親でさえ、その考えには同意してくれたはずだ。母親はジジが十四歳のとき、〝間違い〝は犯したくないでしょうと言って避妊用ピルをのむよう強く勧めた。自分が予定外の妊娠で生まれた子供だと察したのはそのときだった。

冷たいシャワーを浴びても興奮が冷めることはなく、ジェイスは行儀の悪い体と冷静さを欠いたふるまいにうんざりした。僕らしくもない。これまでの人生で女性に躍起になった覚えはないのに。

バスタオルを体に巻きつけて、ジジが浴室から出てきた。緊張していて動きがぎこちなく、ぶるぶる震えている。ビーチを出発してからジェイスの寝室に到着するまで時間がかかりすぎて、すっかり神経質になっているらしい。

ベッドのヘッドボードにもたれたジェイスは、上掛けを腰のあたりまで下げ、大きくてなめらかな浅黒い肩と筋肉質の胴体をあらわにした。ジジは茶色がかったブロンドの髪を下ろし、空よりも青い瞳をしていて、曲線が美しい体をバスタオルできちんと隠している。その姿を見るなり、彼は考えるより先にベッドから下りたものの、ジジを両腕で抱きあげて固まった。

僕はなにをしているんだ？　なぜジジのそばにいると、いつも奇妙な行動をとるよう促す内なる声に従ってしまうのか？

ジジがジェイスの腕に頭をあずけたので、シルクのような長い髪が彼の腿を撫《な》でた。青い瞳は笑っていた。「横暴なままでいても、お姫さまのように運ばれるのに慣れることはできると思うわ」

「僕も君を運ぶのに慣れてきたよ」ジェイスは言った。

先へ進むのをやめるという選択肢を、この人はもう一度私に与えてくれた。ジェイスには細やかな気配りができる一面もあるのだ。ジジが温かな気持ちになっていたとき、彼がキスを始めた。そのとたんすさまじい勢いで飢えがつのり、頭の中が真っ白になる。彼女はジェイスの巻き毛に指をくぐらせ、彼を抱きよせてつややかな髪の感触や香りを堪能した。以前にしたキスはすべてこのときのための予行演習にすぎず、完全に時間の無駄だった気がした。ジェイスが唇に舌を這《は》わせたり軽く歯を立てたりしながらキスを深めるさまは、とても官能的でセクシーで、いけないことをしているかのようだった。

ジェイスがゆっくりとやさしくバスタオルを取ったあと、温かな小ぶりの胸のふくらみを包みこみ、親指でダイヤモンドのように硬くなったその先を撫でた。すると、欲望の小さな槍《やり》がジジの全身に突き刺さった。もう一方の胸の先にも同じことをされた彼女は身震いし、愛撫《あいぶ》が激しくなるにつれて体が熱をおびてきた。

それからは夢の世界にいるみたいだった。ジジがぼんやりと想像していた屈辱的な出来事は一つもなかった。ジェイスが彼女をベッドに横たえ、バスタオルを投げ捨てる。ジジは生まれたままの姿を彼に見られているのが信じられなかった。けれどジェイスはうっとりした表情をしていて、本当に世界でいちばん美しい女性になったのかもしれないと思えた。

ジェイスがおおいかぶさってきた。一糸まとわぬブロンズ色の体は男らしい美を体現していて、ジジも同じくらい彼にうっとりした。ジェイスがふたたびキスをし、彼女のほっそりした腿に手をかけながら胸にまた口づけした。胸に彼の唇を感じたときは恥ずかしかったけれど、これが普通なのだとジジは自分に言い聞かせた。

ジェイスの手はジジの腿の間をさぐっていた。その動きはとても慎重で、明らかに彼女の反応からどのような触れ方が気持ちがいいのかを推しはかっていた。ジジはジェイスの思いやりと正確な愛撫に感謝し、すぐに言葉で伝えた。

髪が乱れた頭を上げて、ジェイスがジジを見つめた。「君は僕を査定しているのか？」

ジジは笑った。「まあ、そうなのかも」

真剣そのものだった彼の引きしまった浅黒い顔がほころび、鮮やかな緑色の瞳が輝いた。「君はほかの女性とは全然違うんだな」

「ああ、そんなことは言わないで。自分でもちょっと浮世離れしてるのはわかってるの。あなたに念を押してもらうまでもない――」

「僕が気に入ったと思っていてもかい？」黒檀《こくたん》と同じ色の眉が上がった。

「口を挟まなければよかったわ」わざと殊勝なまなざしを向けると、ジェイスが笑った。

まるで時間ならいくらでもあるというように、ジェイスはジジのほっそりした体を官能的に撫でていて、彼女の体は興奮のあまり震えがとまらなくなっていた。彼が両手をジジの腰のくびれにあて、脚のつけ根のやわらかな場所に顔を近づける。自分がそこまでの親密な関係を望んでいるのか、彼女には確信が持てなかった。それでもジェイスとは実験的に関係を持ってみるのが目的だったのだから、経験できることは全部経験しようと思い直した。

ジジにはもう一つ予想だにしていなかった事態があった。ジェイスのベッドでの技術によって、あっという間に理性を失ったことだ。下腹部で欲望が重く脈動しているせいで身もだえし、あえぎ、うめき声をあげずにはいられない。強烈な感覚にしっかりととらえられ、自分がどこにいるのかもわからないうちに、ジジは今までまったく知らなかった千発の花火が同時に炸裂《さくれつ》したような快楽の頂点に達した。

「避妊はしているのか？」ジェイスが尋ねた。

ジジはたじろいだ。「いいえ、前はしていたけど、今はもう――」

「なぜやめたんだ？」彼女の返事を聞いても動揺したそぶりもなく、ただ不思議そうにきく。

「十四歳のとき、母にピルをのむよう言われたの。でも私は誰ともそういうことをするつもりはなかったから、すごくいやで一年後にはやめてしまった。思えば、あれが母への初めての反抗だったのね」

「その次の反抗は？」

「医学部を中退して、獣医外科を選んだことかしら。母は人間を治す医者になってほしいと思ってたけど、私には向いていなかった。人間より動物が好きなんだもの」ジジは静かに打ち明けた。

「ちゃんとした励ましがあったら、君は人間相手の医者にもなれたと思うよ」ジェイスが言った。

「母は娘の心変わりを許してくれなかったわ。だから私が十八歳になったとたん、経済的な援助をやめてしまったの。母にとっては当然の行動で、私は学生ローンを組んだ。それでも獣医外科に進んだことは後悔していない」

「もし獣医でなかったら、僕と君は出会っていなかったわけだ」ジェイスは緊張を覚えた。そんな言い方をした自分が気に入らず、いらだたしげにジジを腕の中に引き戻す。「脱線してしまったな」

「ベッドでは話をしない主義なの？」

「まったくね」ジェイスは認めた。官能的な唇を真一文字にしてからジジの肩に押しつけ、喉に向かって欲望をかきたてるキスをしていく。それから彼女の喉元の脈が激しく打ち、瞳孔がふたたび広がったのを見てほほえみを浮かべた。

セックスのあと、ジジには夕食をとらせて帰らせよう。いや、それでは僕に利用されたと思われかねない。絶対にそんなつもりはないのに！

青い瞳を見つめながら、ジェイスは喜びを感じていた。僕の激しい気性にもジジはおびえず、一緒にいてくれている。だが、僕はなにを悩んでいるのだろう？　自分のベッドでのふるまい方か？　それは彼女を傷つけたくないという思いがあるせいだろう。

初体験は最悪だった、と女友達はよく言うが、ジジにはいい経験をしてほしい。その点を気にしないのは身勝手だ。とはいえ、いつから僕は身勝手なろくでなしでなくなった？

ジジはジェイスの体におずおずと手を伸ばし、なだらかな曲線を描く自身の体とは対照的な固い筋肉の感触を楽しんだ。彼女に触れられてジェイスが身震いし、熱く飢えた表情でキスをした。ジジも背筋を伸ばしてキスに応え、彼が低いうなり声をあげるとうれしくなった。ジェイスがもう一度おおいかぶさると、彼が準備万端整っているのがわかって、迷わず両脚を腰にまわす。初めての経験が楽しいものになるとは思っていなかった。おそらく痛いだろうと覚悟していた。

避妊具をつけてからジェイスがマットレスに手をつき、炎が燃えているような緑色の瞳でジジを見つめた。「ゆっくり進めよう。それか、ここでやめるかだ」

「ここには二人いるのよ。私にも意見を言わせて」

「ジジ――」

「あと三十秒、私にこのベッドにいてほしいなら――」

促されるまま、ジェイスが勢いよくジジの中に押し入ってきた。腿を引きよせられると下腹部に鋭い痛みが走り、彼女は息をのんだ。

「ああ、終わった」満足した声で言う。「これで最悪の部分は越えたわ」

ジェイスが奥歯を噛《か》みしめた。「これは実験じゃないんだぞ」

ジジに言わせれば……これは実験だった。それでも自分の無神経な考え方がいやになり、彼に表情を読まれないように目を固く閉じた。

「だから」怒りを抑えるためか、ジェイスが呼吸を整えた。「口は閉じておいてくれ。初めて駆けっこをする子供みたいに、ゴールまで応援してもらう必要はないんだ」

「ごめんなさい」ジジは小さな声で謝った。「こういうとき、なんて言えばいいのかわからなくて」

ジェイスがジジから身を引き、彼女が痛みに顔をしかめなかったのを確認して、もう一度勢いよく身を沈めた。その瞬間、ジジは今まで話していたことも心配していたことも忘れ、官能的な喜びを初めて味わった。彼は信じられない形でジジと一つになると同時に、彼女の内側を独特の魅惑的な方法で押し広げていた。

そこからぬくもりが伝わってくると、ジジの頭の中は真っ白になり、急にジェイスがますます欲しくなった。彼の動きが速さを増すにつれ、強烈な感覚が訪れて胸が高鳴った。

「痛くないか？」ジェイスが確認した。そんなことを気にするのが生まれて初めてなのだろう、恥ずかしそうな顔をしている。

「絶対にやめないで！」ジジは彼に向かって体を持ちあげ、自分の望みを伝えた。

ジェイスがまばゆい笑みを投げかけた。そして体の位置を変え、紅潮した彼女の顔を見ながらふたたび激しく動き出した。

電流が走るような衝撃がジジの背筋を駆け抜けた。今まで知らなかったとてつもない喜びに、全身が興奮する。ジェイスはいっそう勢いをつけて彼女の中に身を沈めてきて、稲妻によく似た小さなうずきが下腹部に生まれていた。ジジは情熱と欲望に蓋をしようと躍起になったものの、その二つはどんどん存在感を増していき、とめようとしてもとめられなかった。

二度目の至福の瞬間が訪れたとき、彼女は震え、泣き叫び、うめき声をあげ、なにをしているのか自分でもわからなくなった。喜びが体の内側で爆発していて、息をするのもひと苦労だった。

ジェイスがぐったりしているジジの顔に、何度か軽くキスをした。「言ってくれないか、気に入ったと」

「静かにして」ジジは頼んだ。体があまりに重く、頭も新しく学んだ知識に圧倒されていて、なにも考えられなかった。

いつの間にか眠りこんだジジを、ジェイスは興味深く観察した。それもこれまでの人生にはなかった経験だった。まるで僕がそばにいないかのように、眠ってしまう女性がいるとは。僕とのセックスは本当にただの実験だったのか？

不愉快な疑いの念を抑えつけ、彼は知っているほかの女性たちとジジがまったく違うのに感謝した。この女性はお世辞も言わなければ計算高く立ちまわることもなく、強欲さをむき出しにもせず、自らを飾りもせず、嘘もつかない。笑顔がわざとらしい嘘つきのいとこ、セラフィーナとは大違いだ。ジジのような女性はディアマンディス一族にはいない。一族の女性たちは誰もが、僕を莫大《ばくだい》な富の象徴としか見ていない。とはいえ、ジジに永遠を約束したいと思っているわけではない！　僕はそういうしがらみにはとらわれないと自分に誓っている。

かつての誓いを確認すると安堵《あんど》がこみあげ、ジェイスは携帯電話で夕食を注文して、食事のあとジジとどこへ行こうかと考えた。ナイトクラブはどうだろう？　いや、彼女にはあまり似合わないし、着ていく服がない。

浴室へ行ってシャワーを浴びようとしたとき、避妊具が破れているのに気づいて、ジェイスは驚きのこもった大きなうなり声をあげた。その瞬間、携帯電話の画面に叔父のエヴァンデルの名前が浮かびあがり、彼はジジを起こさないよう裸でテラスに出て話し出した。

「そろそろ連絡があるころじゃないかと思ったんだが」叔父の声は張りつめていた。

「どうしてだい？」ジェイスはいつものように巻き毛をかきあげた。父親が母親と同じこの髪と瞳の色のせいで息子を拒絶したのなら、どちらも変えないでいるのが強さの証《あかし》になると考えていた。

エヴァンデルがギリシア語で悪態をついた。めずらしい出来事に、ジェイスは緊張して顔をしかめた。

「明日はおまえのお祖母《ばあ》さんの八十歳の誕生日だからだ！」叔父が軽い非難をこめて答えた。「一族全員が出席する盛大なパーティをファロス島で開くと、何週間も前に話したはずだぞ」

「そうだった。忘れていたよ」ジェイスは眉をひそめ、ディアマンディス一族が父の死後初めてファロス島にある大邸宅に集まることに暗澹《あんたん》たる気持ちになった。「だが、ケータリングの手配は終わっている。お祖母《ヤヤ》ちゃんには、叔父さんが勧めてくれた絵をプレゼントするつもりだよ」

「そうか」エヴァンデルが低い声で言った。甥《おい》の返事にひとまず満足したらしい。「それで、何時に着く予定なんだ？」

「メールするよ」ジェイスはガラスドアの向こうのベッドにいる女性に目をやりつつ答えた。

誰かがジジを起こそうと肩を揺すっていた。彼女は目を開ける前にけだるそうに伸びをした。

「私の服はどこ？」女性の乗組員にきく。

若い女性が、おしゃれなクローゼットの外側に吊《つ》るされた透明な衣類カバーを指さした。ジジはまばたきをして、その中の青いドレスを見つめた。

「それは私のじゃないわ」彼女は言った。

そこへジェイスが突風のように現れて、瞬時に部屋がいきいきとした活力と期待でいっぱいになった。女性の乗組員は彼の登場に安堵した顔で立ち去った。

「シャワーを浴びてきてもいいかしら？」ジジは居心地悪そうに尋ねた。ジェイスはリネンのシャツにチノパンというカジュアルな服装だが、どちらも完璧な仕立てで、高級感と洗練された雰囲気があった。黒い巻き毛は風で乱れ、鮮やかな緑色の瞳は輝きを放ち、全身は威厳に満ちていた。

彼の表情豊かな眉が上がった。「なぜそんなことをきく？　もちろんだ」

「私の服はどこ？」ジジはもう一度きいた。

「君の服は用意してある。だが自分が着てきた服がいいなら――」ジェイスが携帯電話を取り出し、冷静かつ丁寧なギリシア語で指示を出した。

「私、家に帰るわ」さらに不安が増し、彼女は言った。「服の用意なんて必要ない。眠ってしまってごめんなさい。もっと早く起こしてくれればよかったのに。もうここにいるべきじゃないのはわかってる。そこまで世間知らずじゃないわ」

「なにを言ってるんだ？」ジェイスが黒い眉根を寄せた。「一夜限りの関係の相手なら、起きて出ていかなくちゃ。いつまでもぐずぐずしているのはよくない――」

「これは一夜限りの関係じゃない」意外にもジェイスが感情的になって反論した。

「でも、そうとしか言えないじゃないの」ジジは困惑しながらぎこちなく言葉を返した。どうして彼は認めないの？

「どんなルールにも例外はある」ジェイスの目は、本当に自分を捨てるつもりなのかどうかを観察しているかのようだった。「君が目を覚ますなり、そんなふうに考えるとは想像もしていなかったよ。どうしてそうなるんだ？　僕は君に後悔させたくはないと言ったはずだぞ」

「後悔はしていないわ」ジジは赤い顔で認めた。二人の間にあったことを悔やんではいなかったけれど、二人が分かち合ったものに心を激しく揺さぶられて不安を感じていた。だから、今後は彼と会うのをやめるのがいちばん賢明だと判断していた。

「よかった。今夜は海王号から降りられない」ジェイスは静かに言った。「航海中だから――」

「航海中？」ジジは驚いた。「どうしたらそうなるの？」

ジェイスが笑った。「ペットが心配なのかな？心配しなくていい。君の鳥も亀も猫もみんな船に乗せたし、荷物も持ってきた」

「私とペットをロードス島からさらったというの？」ジジは悲鳴をあげ、床にあったバスタオルをつかむとベッドから転がり出た。

5

ジェイスは信じられないという顔でジジを見た。小柄な彼女が怒ったアマゾンの女戦士のように浴室へ歩いていくと、その態度に唖然《あぜん》とした。

どうしたのだろう？　週末、ジジに予定がないのはすでに知っていた。そこでペットと服の問題を解決した。ほかの女性たちからは僕のきめ細かな気配りや寛大さ、事前に手配する能力を高く評価されている。だが、なぜジジは憤慨している？

浴室のドアをノックすると、ドアがほんの少し開いた。「なに？」彼女の声は冷たかった。

「君が喜ぶと思ったんだ」一瞬迷ったあと、ジェイスは認めた。ジジと一緒にいると、ときどき宇宙人でも相手にしている気持ちになる。彼女の反応は予想に反したし、不安そうな顔には驚いた。彼はジジのもてなしに全身全霊をかけていた。女性に対してそこまでしたのは初めてだった。どうしてジジは、僕が彼女を一夜限りの相手としか見ていないと思ったのだろう？　きっと彼女がそう思ったくらい、僕の態度があからさまだったのだ。

「どうやって私の家に入ったの？」ジジがつめよった。

ジェイスは白い歯を食いしばった。「君のビーチバッグの中に鍵があったんだ。それを僕が拝借した」

ジジが嘘《うそ》でしょうというように青い瞳を見開いた。「そんなことをしていいと思ったの？　私の家に他人を送りこんでいいと」

「僕も彼らと一緒に行った。猫はなかなか捕まらなかったよ。どこへも行きたくなかったらしくて、亀とソファの下に隠れてしまってね」

「猫にはティリーという名前があるの」ジジがぴしゃりと言った。「あなた、私の持ち物を調べたの？」

ジェイスは唇を引き結び、持ち物とはなんのことだ、と冗談を言いそうになった。修道女の修室のように狭くて飾りけのない家には、とても大きなリュックサックが一つとカジュアルな服の入ったクローゼットがあるだけだった。そうだろうと薄々予想していたとはいえ、ジジの所有しているものの少なさ、部屋の殺風景さには驚かされた。

「ああ。ヨットの乗組員が調べるのは気に入らないと思ったんだ」

「あなたもよ！」ジジは憤然とし、ジェイスに向かってたたきつけるようにドアを閉めた。彼が自分の下着の引き出しをあさったり、シーツを洗濯したのでベッドを整えずにいたのに気づいたりしたかもしれないと思うとぞっとした。

怒りに駆られたままシャワーを浴び、頭の中で延々と文句を並べた。いったいジェイスは私をどこに連れていこうとしているの？

ジジは寝室に戻り、明らかに洗濯してある自分の服をベッドからかかえあげると、浴室に戻ってデニムのショートパンツをはき、Tシャツを着た。ブラはなかった。濡《ぬ》れたビキニを脱いだあとにブラが必要になるとは思いもよらなかったのだ。彼は私のリュックサックになにをつめたのかしら？　そしてどこにあるの？

その間も、ジジはジェイスに対する気持ちに不安を覚えていた。あまりに強い感情を抱くと、私は恐ろしくなってしまう。母親は娘に愛情を示してくれなかったし、父親も同じだった。だから感情を表に出さず、人や状況に過度な期待をしないで生きてきた。そうすることで心を守り、警戒心を解くのは愛する動物だけと決めていた。

またノックの音がして、ジジはドアを開けた。ジェイスが衣装カバーに包まれたドレスを手渡した。

彼女はそれを脇に置いた。興味がなかったからだ。

「あなたって人は本当に相手の気持ちなんておかまいなしなのね」

「僕が気にしたくないときはそうだ」彼が認めた。「約束するよ。月曜の朝、センターの始業時間までには君を戻す。問題はなにもないはず――」

ジジはジェイスをきっとにらみつけた。「今すぐ船の向きを変えて、私をロードス島に帰して」

「それはできない。僕は君を明日開かれる、祖母の誕生日パーティに連れていく。祖母は八十歳になるんだ」彼が説明した。「もし引き返したら遅刻してしまう。主催者として許されない所業だ」

その言葉に驚いて、ジジは両手を拳にした。「どうして私を家族が集まるパーティに連れていくの？あなたは私のことなんてなにも知らないじゃないの！」

「ディアマンディス家の集まりは嫌いだが、君が一緒にいて雰囲気を明るくしてくれるなら耐えられると思ったからだ」ジェイスが不機嫌そうに断言した。

「どうして私を起こして、行きたいかどうかきいてくれなかったのよ？」ジジはいらだたしげにきいた。

「週末は暇だと言っていたじゃないか。それなら僕と一緒に過ごしてくれると思ったんだ」真っ黒で豊かなまつげにレースのように縁取られたエメラルド色の瞳が、彼女をひたと見つめた。「特に、今日の午後みたいなことがあった以上は」

腿の間が引きつるのを感じて、ジジは頬をほんのりとピンクに染めた。脳裏によみがえった午後の記憶は衝撃的なほど生々しかった。

だから、ジェイスは私に思い出させたのだ。別に驚く話でもない。聡明《そうめい》なジェイスは人を操る能力に長《た》け、必要ならずるい手も使う。正直に言えば自分とはあまりにも違うからこそ、ジジは彼に魅了されていた。しかし一族の集まりが嫌いなのでジジの存在が助けになるとジェイスが認めたとき、美しく澄んだ瞳が一瞬弱々しく見えて、彼女のやわらかくやさしい心は揺れた。そんな自分が恐ろしく、弱いと感じた。世話を求める声なき動物以外に同情を向けるのはいやだった。ジェイスは近づくにはリスクが高すぎる男性だ。彼の中には危険で不安定ななにかが生命力のようにあふれている。

心の半分では、二人の関係は一度きりのものだと確信していた。ジェイスによけいな期待をしたくなかった。だが彼は新しい提案をして、ジジを当惑させていた。

「わかった……君の勝ちだ。君が働いている動物保護センターに多額の寄付をしよう」ジェイスが唐突に切り出した。

ジジは驚いてまばたきをし、ジェイスに鋭い視線を向けた。「それがあなたのトラブル解決法なの?」

「合理的じゃないか」

「あなた自身は合理的とは言えないわ。なぜ私がパーティに出席しなくちゃいけないのよ?」

「夕食をとりながら解決しよう」ジェイスが不遜な笑みを浮かべた。「僕は腹がすいているんだ」

「その前にペットに会いたいわ」彼女はきびきびした口調で告げた。

ティリーはデッキを散歩していて、ごろごろと喉を鳴らしてジジの足首に体をこすりつけたあと、ジェイスの足首にも同じことをした。犬のホッピーは大広間にあるモーの巨大なバスケットの片隅でくつろいでいて、オカメインコのスノーウィーもそこにいた。

「君はペットを外見で選ばないんだな」ジェイスが言った。

「スノーウィーは換羽期を迎えているだけなんだから、失礼なことを言わないで。数週間もすればきれいになるわ。ここにいるペットのほとんどは、引き取り手がいなくてセンターから連れて帰った子たちなのよ。ホッピーは雑種の野良犬で、障害もあったから誰も飼いたがらなかったの。スノーウィーの飼い主は、うまくしゃべらないからといって処分したがった。ところでハンフリーはどこ?」

亀は貨物室にある大きなケージの中で、むしゃむしゃなにかを食べていた。

「多額の寄付ってどれくらいを考えてるの?」ジジはジェイスに尋ねずにいられなかった。

彼が息をのむほどの金額を口にした。「それだけあればなにができるか考えてほしい」

乗組員がジジのためにダイニングチェアを引くと、彼女はそこに座った。乗組員がナプキンを広げ、膝の上に置いてくれたので動揺する。どこを見ても乗組員がいる気がしてならず、すでになみなみと注《つ》がれていたワイングラスを持ちあげた。ジェイスは私をベッドに誘うのに、アルコールの助けを必要としなかった。私は男女の化学反応に身を任せてしまったのだ、とジジは残念に思った。

彼に言われたことは考えないようにしていたけれど、それだけの寄付があれば老朽化したセンターの収容施設を建て直せるだろう。ジェイスのお金が役に立つのは否定できないけれど、そんなふうに思わせる彼には腹がたった。

「寄付はいいことだわ」やっと二人きりになったとき、ジジは言った。「でもあなたがお金でトラブルから身を守ろうとしたり、私を買収したりするのは気に入らない」

「すばらしい道徳観だな」ジェイスのほめ言葉には非難がこもっていた。「君にとっても世話をしている動物たちにとっても、設備がよくなったほうがいいんじゃないのか？」

「もちろんそうよ。でも、私はセンターの所有者でも経営者でもない。理事会が多額の寄付をどうするのかはわからないの」

「使い道については患者を第一に考えてくれる君に意見を聞くこと、という条件をつけて寄付をしてもいい。だが残念ながら……ジジ、君はそうされるのもいやなんだろう？」

「もし私が寄付を受け入れたら、あなたにまた同じことをしてほしいと言うのと同じにならないかしら？　私はあなたのお金に買収されたり、なにかを強制されたり、脅迫されたりするつもりはない！そんなの間違ってるわ、ジェイス。それに、あなたはまだ謝っていない」

「すまなかった」きらめく緑色の瞳にまっすぐ見つめられ、ジジの心臓はとてつもなく速く打ちはじめた。彼のまなざしは熱く激しく、口の中がからからになった。「だが僕は、君が喜んでパーティへ一緒に来てくれると心から信じていたんだ。だからペットの世話と着ていくものをなんとかすれば、安心してもらえると思っていた」

「ほかの女性なら安心したでしょうね」

「僕は君といるのが楽しいんだ。君は僕が知るどんな女性とも違うから」ジェイスが指摘した。

ジジは鼻にしわを寄せた。「でも今みたいに私がひどい態度をとったら、彼女たちと同じだったらいいのにと思うんでしょう?」

ジェイスが深みのあるセクシーな声で笑った。その声はやわらかなベルベットのようで、彼女は肌がざわめき、いちばん女らしい部分にぬくもりが生まれるのを感じた。

「パーティに来てくれるね?」ジェイスがあらためて言い、ジジはふたたびうろたえた。「君がパーティにいてくれれば、少しは僕への注目も減るだろう」満足げにそう続けてからワイングラスを空にしたが、女性乗組員がワインを注ぎに部屋の奥から近づいてくると手を振って追い払った。

「注目されるのは好きじゃないの。私はめだつタイプじゃないし」

「いいや。僕にとっては、君はめだつどころじゃない」ジェイスが反論した。「君を見せびらかしたいんだよ」

その言葉に、ジジは緊張した。

「僕は君をすごいと思っている。そう思わずにはいられない。知的で、自立していて、思いやりがあり、好きな仕事に就いているんだから」

「ありがとう。あなたの巧みな話術に負けて、明日はおまけとして出席させていただくわ」ジジはナイフとフォークを皿に置いてほほえんだ。「ちゃんと恋人らしい演技をするわね」

「どうして演技をしないといけないんだ?」ジェイスが尋ねた。

「だって私はあなたとつき合ってるわけじゃないんだから、当然そうしないと――」

ジェイスが無駄な肉のついていない日焼けした手をジジの手に重ねた。「君は僕の恋人だ。なにも偽る必要はない」

「あなたのことをなにも知らないのに！」

「じゅうぶん知っているじゃないか。僕の学歴や誕生日、好きな色がなんだというんだ」ジェイスがずらずらと並べた。「そんな通りいっぺんの情報から僕のなにがわかる？　なにもわかりはしない」

「もし私が占星術師だったら、誕生日くらいは役に立つかもしれないわ」ジジは無表情で言った。

「おもしろいね」

食事はあっという間に終わった。ジジの怒りが薄らいだのはジェイスに魅了されてしまったせいだろうか。彼は一緒にいて楽しい人で、イギリスにいる友人たちよりも陽気だった。それも当然に思える。ジェイスは裕福な家庭に生まれ、容姿に恵まれているうえに成功を約束されていた。冷酷で自分勝手な父親と同じくらいひどい母親を除けば、人生に対する文句などほとんどなかったはずだ。つまり学生ローンや家賃の心配をする必要もなければ、家を買うために貯金をする必要もない。要するに、なんでも思いのままにできるのだ。

「デッキでコーヒーを飲もう」ジェイスが言った。「もっと深刻な話があるんだ」

ジジは顔をしかめて彼を見た。けれど、その引きしまった力強い顔からはなにも読み取れなかった。二人がすばらしく快適なソファに腰を下ろすと、そよ風が彼女の髪を撫《な》でて揺らした。彼女はコーヒーカップを持ちあげ、ひと口飲んで、ソファの背にゆったりともたれた。「深刻な話ってなに？」硬い口調で促す。

「実は避妊具が破れていたんだ」ジェイスが渋い顔

で打ち明けた。「君が避妊していれば問題はなかったんだが」

震える手で、ジジはカップをソーサーに戻した。

「まあ……そんなことがあるとは思ってもみなかったわ」

「僕もだ。今までにはなかった。避妊には気をつけているんだが」

「自分の身を守るために避妊しておくべきだったのね。でもあなたに出会うとは想像もしていなかったし、長い間誰ともつき合っていなかったから必要を感じなかったの」彼女はため息をつき、沈んだ顔で予期せぬ妊娠をした場合について考えこんだ。「ずっと子供は欲しいと思っていたわ。けれどこういう形は望んでいなかった。私自身、無計画で生まれた赤ん坊だったし、母は育児という大きな責任に耐えられず、仕事のじゃまだった私を恨んでいたと思うの」

「僕が聞いた限りでは君のお母さんは一人で対処したようだが、君は違うだろう？　もし妊娠していたら、一緒に対処しよう」ジェイスがジジの手に手を重ねた。「僕は君にひどいことを言うかもしれないが、決して無責任なわけじゃ――」

「眠っている私や、なにも知らない動物をロードス島から誘拐しただけよね」ジジは悲しい顔で笑った。「妊娠が現実になるまでは心配しないでおくわ」

恥ずかしながら、ジジは罪悪感を覚えていた。ジェイスが当初考えていたとおりにゆっくり進めていれば、ちゃんと避妊できていたかもしれないのに、私は彼をせかしてしまった。痛い瞬間を乗り越えて、早く喜びを味わいたかったのだ。

「おいで」ジェイスが彼女の手からコーヒーカップを取り、テーブルの上に置いた。「今すぐ君にキスしたい」

引きよせられたジジは、ジェイスの両脚にまたがるような格好になった。ジェイスに寄りかかったジジは、彼が準備万端整っていて、完璧に仕立てられたズボンでも興奮を隠しきれていないのに気づいた。この人は私が妊娠したとは考えていないのだ、と彼女は思った。

「ここは誰が見ているかわからないわ、ジェイス。そういうところではやめましょう」ジジは警告した。ジェイスがジジの耳元でうなり、温かな息が彼女の顎をかすめた。「君のせいで気が変になりそうだ！」

「それはあなたの責任よ。この船にはたくさんの乗組員がいるわ。どこで誰が見てるかわからないでしょう」

「僕は君にキスしたいだけなのに」

「そう言われても信用できない」ジジはジェイスの膝の上から下りた。

彼が頭を低くして、ジジの唇にすばやくキスをした。そしてさっと立ちあがり、彼女をかかえあげた。

「下ろしてちょうだい！」

「二人きりになれるところに行かなくては」憤慨したジジに拳で肩をたたかれながら、ジェイスは笑って言った。

「ジェイス！」彼の寝室でようやく下ろされたとき、ジジは声をあげた。

「僕は君が欲しくてしかたないんだ」ジェイスがジジのショートパンツのボタンをはずし、ファスナーを下ろした。それから彼女をもう一度抱きあげ、飢えたように熱いキスをした。

ベッドに横たえられたジジは、ショーツとスニーカーを脱いでジェイスに手を伸ばした。「私もあなたが欲しいわ」彼と目が合うと、神経という神経に電流に似た興奮が走った。「いったい私になにをしたの？」

ジェイスはシャツを脱ぐのを途中でやめ、両手を彼女の紅潮した顔の両脇についた。「通りでモーと一緒にいるのを見たときから、君を求めていた」

「家に入るまで、私はあなたを見てなかった――」

「それで、どう思った?」

焼けつくような緑色の瞳に浮かぶ飢えと独占欲に気づいて、ジジは驚くほど興奮した。「この世のものとは思えないくらいすてきな人だと思ったわ。でも今は、ちょっと乱れた姿のほうが好き」彼女はジェイスのシルクみたいにやわらかな髪をくしゃくしゃにかき乱した。

ジェイスがふたたび唇をゆっくりと巧みに味わったとき、ジジは喜びに身をゆだね、これまでに感じたことのない幸福を感じた。生まれて初めて必要とされ感謝される、特別な存在だと思えた。それでも、くるおしいほどの恋に苦悩したくはなかった。この思いは永遠に続くものじゃない。住む世界がまったく違う二人が結ばれるなんて結末はありえないのだ。

それなら、今のうちに精いっぱい楽しもう。

いくつもの避妊具をベッド脇のテーブルに投げると、ジェイスが独占欲をこめてジジの小ぶりな胸のふくらみを包みこみ、親指でとがったその先を撫でた。彼女が腰を持ちあげると同時に、そこにじらすように口づけする。ジジは腰をくねらせ、欲望が渦巻くのを感じた。温かくうるおった、触れられるのを待ちかねている体の中心をなぞられると、ジェイスの体に手を伸ばして唇を重ねた。

ジェイスがジジの口の中に舌を差し入れながら、指でもっとも繊細な場所をもてあそび、彼女を限界へと追いやった。どんなに抑えつけても、欲望は業火のようにどんどん勢いを増していった。彼が身もだえするジジの体の位置を変え、力強く押し入ってくると、彼女は我を忘れた。瞬時にのぼりつめた自分にショックを受ける。まぶたの裏では色とりどりの花火が上がっているみたいで、純粋な喜びが全身を揺さぶった。すべてが終わったあとも震えはとまらず、ジジはまばたきを繰り返した。

「もう一度できるかどうか試してみよう」ジェイスが腕の中で呆然《ぼうぜん》としている彼女につぶやいた。

「無理だわ」ジジはまともに考えることもできなかった。

二度目はゆっくりと着実に官能の頂点へ達した。ジジはエメラルド色の瞳を見つめながら、動きを速めていくジェイスと彼がもたらす圧倒的な興奮に身を任せた。心臓は破裂せんばかりに打ち、体は激しく揺れ、ふたたび訪れた高揚感はとてつもなかった。

そのあと、ジジはぐったりと体を横たえた。疲労困憊《こんぱい》のあまり、眠くてたまらなかった。

「さて……」ジェイスがおおいかぶさり、汗で湿ったジジの眉間にキスをすると、ゆっくりと確かな動きで頬から髪をどけた。緑色の瞳はまるで星屑《ほしくず》をちりばめたかのように輝いていた。「パーティのために僕が用意したドレスを着てくれるね？」

ジジはため息をついた。「そうね、ほかにはなにもないし――」

「靴もはいてくれ」

「そうね」ジジは枕に顔をうずめた。

「それに宝石もつけなくては」

ジジはあきれて枕から頭を上げた。「宝石なんて持ってないわ」

「母のジュエリーがある。よければ、ダイヤモンドのセットをつけてほしい」

ジジは顔をしかめた。母親はジュエリーをつまらないものだと言って買おうとせず、娘に一つも遺《のこ》さなかった。自分の家族に歓迎されなかった私が、ジェイスの家族のジュエリーを身につけるなんてできない。「ありがたいお話だけど、遠慮しておくわ。ディアマンディス家の一員でもないのに、家族のジュエリーをつけてパーティに出席するつもりはないの。そんなことをしたら、とても強欲で下品な女に見えてしまうわ」

「家族のジュエリーは家長である僕のものだ。だから、僕が好きにできる。君に貸すのはパーティの日だけの話で――」

「関係ないわ。私はなにも借りたくない」ジジはきっぱりと告げた。

「よく考えてくれ――」

「それでも返事はノーだわ、ジェイス。とにかくいやなの！」ジジは怒りにわななきながら言い返し、ショートパンツを拾ってからベッドに腰かけてはくと、Tシャツをつかんで着た。

「ただの提案じゃないか。そんなに怒らないでくれよ」ジェイスがため息をついた。

6

「ただの提案ですって？」ジジはTシャツから髪を出しながらジェイスを振り返った。その顔は紅潮していた。「欲しい答えが返ってくるまで粘り、同意が得られるまで否定的な答えははねつける。あなたは私をどうするつもりなの？ 私は着せ替え人形じゃないし、あなたの言うことになんでも従う女でもない。私は私で、そんな自分を誇りに思っているわ。あなたが私に派手な格好をしてほしくても、別人のふりをしてパーティに行くつもりはないから！」

「そんなことをしろとは言ってない。ありのままの君でいい――」

「いいえ、あなたは着飾ったほうがいいんだわ。でも、おあいにくさまだったわね」ジジは怒った口調で続けた。

「どこへ行く？」ジェイスがドアノブに手を伸ばす彼女を見て尋ねた。

「別のベッドをさがしに行くのよ。誰も使っていないベッドを。私の持ち物も家から持ってきたの？」ジジは感情をこめずにきいた。

彼がドアの一つを指した。「ここの衣装室にある」ジジは部屋に入り、衣装室のドアを開けた。すでに荷ほどきされていたリュックサックを見つけて、もう一度中身を戻した。

黒いボクサーパンツ一枚のジェイスがドアの前に立ちはだかった。「行くな――」

彼女は奥歯を噛《か》みしめた。「あなたって人は、今まで会った誰よりも腹がたつわ！」

「君は僕と同じくらい短気だな。怒りを表に出すのは遅いが」ジェイスが言った。「一緒にいてくれ。ごり押ししたのはよくなかった。早いうちにやめておけばよかったよ」

ジジはうめき声をあげた。「こんな遅い時間に大騒ぎして――」

「君に会うまでこういうことはなかった」彼がそう認め、急に表情豊かな唇に笑みを浮かべた。「おかげで勉強になったよ。教訓その一、恋人の話には耳を傾けること。教訓その二、セックスで喜びを与えられたからといってなんでも思いどおりにできると思わないこと。教訓その三、君を夜中に怒らせるとグレムリンになること」

ジジは思わず笑ってしまい、人さし指でジェイスの裸の胸をつついた。「ダイヤモンドのジュエリーはいらないわ。そんなものがなくても、私たちならちゃんとできる」

「明日は早くから電話をかけなければならないな」

「もう今日になってしまったけど、私、あなたのお祖母《ばあ》さんへのプレゼントを用意していないわ。誕生日カードも買わないと。花もあったほうがいいかしら――」

「僕が手配する」

ジジはゆっくりと深く息を吸い、もう一度笑った。ジェイスは私になにをしたの？　あんなに激怒していたのに、次の瞬間には笑わされてしまうなんて。彼には好きなときに発揮できるすばらしい魅力がある。そんな人を、なぜ私はずっと前から知っているような気がするの？　いつも他人との間に築いている壁はどこに行ってしまったのかしら？　ジジは衣装室にリュックサックを戻し、シャワーを浴びるためにふたたび服を脱いだ。

翌朝、ジジは薄手のコットンのパンツとTシャツに着替えた。美しい青のドレスはパーティに出かける時間まで着ないつもりだった。昨夜、袖を通していなくてよかったと安堵《あんど》していた。

どんなにそろそろ動いても必ず体のどこかが引きつれ、ジジはびくりとして顔をしかめては延々と続いた大胆で情熱的だった夜を思い出した。ジェイスは瓶から解き放たれた邪悪な精霊のようで、触れられるたびに魔法をかけられたみたいな気分になり、キスと軽い愛撫《あいぶ》をされただけでもう一度彼の征服を受け入れた。ほかの男性をジェイスほど欲しくなることがあるとは夢にも思えない。けれど欲望を抑えられず、正しい選択ができない自分は気に入らなかった。まるで自由意志を奪われたかのようだ。渇望がいくら強烈だったとしても満たされれば薄らぐと思っていたのに、そうならないのはどうしてなの？

ジジは不安を覚えた。ジェイスとの関係はいっときの火遊びで、それ以上の何物でもないはずよね？　傷つきたくはないし、彼との仲がややこしくなるのもいやだ。誕生日パーティが終わったら、もとの生活に戻りたい。

でも、本当にそれが私の望みなの？　正直に言えば、安全な毎日にこだわりながら自立した生活を送るうちに、私は独りぼっちになっていた。ジェイスはそんな私の世界に彩りを与え、生きていく気力を取り戻させてくれた。今さらだけれど、私という人間を頑固に否定していたのは私自身だったのだ。

「朝食ができている」ジェイスがテラスに続くスライドドアから声をかけた。

深く息を吸って、ジジは身構えた。目を覚ましたとき、最初にさがしたのはジェイスだったけれど、彼はすでに起き出したあとでベッドには誰もいなかった。ずっと前から誰も寄せつけてはいけないと学んでいた彼女にとって、そういう行動をとったという事実は恐ろしくてたまらなかった。大好きだった養育係《ナニー》も家政婦も、ある日突然ジジに別れも告げずにどこかへ行ってしまった。同様に母親も娘との壊れた関係を修復せずに亡くなり、ジジも母親を許すことも受け入れることもなかった。そのせいでジェイスを求める心の余裕はなかった。彼は自由で気まぐれなプレイボーイとして悪名高く、ジジはそんな男性の数多い女性遍歴の中の一人にすぎなかった。

夜中にドアの外の悲しげな鳴き声に気づき、ジェイスが起きてモーとホッピーを部屋に入れてくれたとしても関係ない。大事なテディベアのようにひと晩じゅう私を抱きしめていてくれたことも関係ない。私は犬でもぬいぐるみでもないから、彼のそばにいるつもりはない。ただ、ジェイスの人生を通り過ぎていくだけの存在なのだ。

ジェイスは、テーブルまで歩いてくるジジを見つめた。小柄だがほっそりしていて優美で、しみ一つない肌も青い瞳も輝きを放ち、みずみずしいピンクの唇はほほえみを浮かべている。自分では気づいていなくてもジジは美しく、そして彼のものだった。

その思いは強く、ジェイスは奥歯を噛みしめた。今のところは……たしかにそうだ。しかし、僕は一人の女性に縛られる男ではない。すぐにジジにも飽きて、関係は終わるだろう。

二匹の犬はジジの周囲を駆けまわり、彼女の注意を引こうとしていた。

「水平線上に見えるのがファロス島だ」わざとジジから意識をそらして、ジェイスは言った。

「私たちはそこへ向かってるの？」ジジはジェイスの黒一色の長身から視線を引き離そうと必死だった。けれどほかの方向は見たくないときや、数時間離れていた彼にやっと会えたときにそうするのは大変だった。

「そうだ、あそこは個人所有の島なんだ」

ジェイスの答えを聞く間、ジジは彼を観察した。デザイナーの作風がよく表れた完璧な仕立てのダークスーツはジェイスによく似合っていた。つややかな黒髪とエメラルド色の瞳が衝撃的なほどセクシーだ。肩幅は広く、ヒップは小さく、ウエストは引きしまり、脚は長く力強い。スーツの下には細身ながら固い筋肉がついているのがわかった。

「あなたの一族が所有しているの？」ジジは突然、息苦しさを覚えた。

「所有者は僕だ」彼女が朝食のテーブルの上に並べられた数多くの皿に顔をしかめ、ストレートで紅茶を飲むのを見て、ジェイスが肩をすくめた。「あの島に、ディアマンディス一族全員をもてなせるだけの広さがある家は一軒しかない。普通は一家の主《あるじ》が所有するものなんだが、祖母が僕の父親のアルゴスと仲が悪かったせいで、祖父が僕と祖母に家を遺《のこ》したんだ。父は激怒したよ」

「なぜお祖母さんは自分の息子と仲が悪かったの？長男なら、いちばんかわいがられたでしょうに」

「祖母は僕を拒絶した父を許せなかった。さらに僕を相続人から除外しようとしたのがとどめとなった。二人は大喧嘩《げんか》をした末に互いに許せないことを言ったらしい」ジェイスが残念そうにまた肩をすくめた。「父はファロス島にある大邸宅を使えないのが気に入らなかった。一族の中での自分の地位が保てないと言ってね。地位と体裁と評判が、父にとってはなによりも大切なものだった。だから、島の反対側に屋敷を建てたんだ」

「お母さんと別れる前のお父さんはいい父親だったの？」ジジは好奇心に駆られて尋ねた。

「正直、僕は父のことも母のこともろくに知らなかった」ジェイスのつらそうな声は悔やんでいるようだった。「僕はナニーに育てられ、ある程度の年齢になると寄宿学校に入れられた。両親は二人ともとても忙しい人で、そんな生活が変わったのは叔父のエヴァンデルとマーカスのおかげだよ。彼らは僕を気にかけ、毎日世話をしてくれた。学校へ送り迎えし、授賞式やクリスマスコンサートにも来てくれたんだ」

ジジはジェイスの正直さに感心し、彼からとても個人的な打ち明け話をされてうれしくなった。「あなたを育てたのは叔父さんたちなの？」

ヨーグルトを選ぶ彼女を見つつ、ジェイスがそうだというようにうなずいた。

ジジがスプーンですくったヨーグルトをなめ、そのなめらかさを味わってから、やわらかなピンクの唇をとがらせた。ジェイスは下腹部で脈がふたたび打つのを感じて奥歯を噛みしめた。ひと晩じゅうあれほどベッドでジジを堪能しておきながら、なぜ今も飢えが解消されないのだろう？　彼はぼんやりと海を見てもの思いにふけり、ジジの圧倒的な魅力には逆らえないという現実を突きつけられて唇を引き結んだ。

ジジがヨーグルトを食べおえて立ちあがった。

「急いで着替えなくちゃ。あのおしゃれなドレスが似合うといいんだけど」

「大丈夫だ」ジェイスは避けては通れない現実を思い出し、黒檀《こくたん》と同じ色の眉をひそめた。「来週末に君の血液検査を手配したから、日時をメールしておく。通常の検査より何日も早く、妊娠しているかどうかがわかるそうだ」

ジジが驚いて彼のほうを見た。「あなたがそんなに心配していたとは思わなかったわ」

「妊娠している可能性を考えておくのはあたりまえだろう。だが僕は来週、出張がある」彼は告げた。

「週末をずっと一緒に過ごすんだもの、少し時間を置きましょう」ジジが静かに言った。まるで地に足のついた生活に戻るには、ジェイスから離れている時間が必要だというようだった。

青のドレスは信じられないほどジジの体にぴったりだった。丈も短すぎず、肌の露出も少なく、今までに持っていたどのドレスよりも似合っている。真珠の縁取りが贅沢《ぜいたく》なハイヒールをはいているので、脚は誰の目にもとても長く見えた。ドレッサーの前に座って、彼女が髪を編んでアップにした。

そして不機嫌そうに言った。「お化粧も必要ね」

「君の家には化粧品が一つもなかったから、考えていなかったよ」ジェイスは認めた。「この船内には美容室があるんだ」

彼女が目をまるくした。「本当なの？」

「それに美容師もいる」

「私をそこへ連れていってくれる？」ジジがためらいもせずに頼んだ。上流階級のパーティには、きちんとした身だしなみを求められるのを知っているのだろう。

ジェイスはジジを下層デッキに案内し、おしゃべりな美容師に預けた。三十分後に戻ってきたジジは、どんなパーティにも気後れしない自信に満ちていた。

化粧はごく薄かったものの、自分でするよりずっと見事な効果があった。彼女が望んだとおり、けばけばしいところはまったくなかった。

モーターボートに乗るジジを見ながら、ジェイスはほほえんだ。青のドレスを着た彼女は驚くほど美しく、形のいい脚は出しているが、上品で落ち着いた女性に見えた。襟ぐりは深めなのに、華奢《きやしや》な首にはなにもない。その首に喜んでダイヤモンドをつけてくれればいいのに、と彼はまだ願っていた。

ファロス島の木々は緑が濃く、太陽に照らされていきいきしていた。ジジは小さな港を離れていくモーターボートをちらりと振り返った。それからジェイスとともに巨大なSUV車に乗ってにぎやかな村を通り抜け、大きなギリシア正教の教会を過ぎ、未舗装の道をのぼっていった。数分もしないうちに車は両側にヤシの木が生えた舗装道路に出た。

「お祖母さんは島に住んでいるの？」ジジはきいた。

「夏の間はね。冬になったら本土に戻っている」

大邸宅は丘の頂上全体に広がっていて、壮大な宮殿そっくりだった。壁は白く、細長い窓には太陽の光が反射していて、優美なテラスからは庭園と湾が見渡せた。

「すばらしいわね」彼女は緊張した面持ちでつぶやいた。

巨大な玄関ホールでは、人々が忙しそうに行き来していた。「ケータリング業者だ」ジェイスが説明した。一人の年配の男性が近づいてきて、〝お騒がせして申し訳ありません〟とギリシア語で謝った。

ジェイスがジジを執事のドミトリに紹介し、祖母のようすを尋ねた。ジェイスはジジの家族が亡きヘレネーを呼んでいたように、〝お祖母《ヤ》ちゃん《ヤ》〟というギリシア語を使っていた。

執事がにっこりした。「今日もお元気です。屋外で朝食を楽しんでから飼っている鳥を見に行きました」

「鳥が好きなんですか？」ジジが驚いて尋ねた。

「ヤヤにスノーウィーの話をしたら、会いたいと言っていたよ。もしヤヤの豪華な鳥小屋に住めることになったら本当に幸運だぞ」

ジジの手を握り、ジェイスが執事の先に立って熱帯植物が生い茂る温室に面した贅沢な居間に案内した。「お祭りに間に合ったわね」快活な声がした。

籐《とう》製の肘掛け椅子に銀髪の小柄な老婦人が座っていた。

「エヴァンデルは、あなたが遅れるって言ってたけど」

「でも、ランチには間に合ったよ。こちらはジゼル・キャンベル――ジジです。ジジ、こちらがエレクトラ・ディアマンディスだ」

老婦人がジジに手を差し伸べ、彼女の頭のてっぺんから爪先までを見た。

「お誕生日おめでとうございます、ミセス・ディアマンディス」

「ジェイス、やっと私に会わせる女性を連れてきたのね。私のことはヤヤと呼んでちょうだい、ジジ。あなたは私たちの家族になるのでしょうから。座って、あなたのことを全部話して。きっとエヴァンデルとマーカスがびっくりするわよ！」

わけがわからず、ジジは目をぱちくりさせながら言われた席に不安な面持ちで腰を下ろした。

「ジェイスはずっと、ここに連れてくるのは花嫁になる予定の女性だけだと断言していたの」エレクトラが指輪のないジジの手を持ちあげた。「この指に指輪をつけるには時間がかかりそうかしら？」

高い頬骨のあたりを赤く染め、ジェイスが凍りついた。二人の女性に困ったような視線を送る。

「叔父さんたちに会ってきなさい」エレクトラが指

示した。「ところで昼食は着席ではなく、ビュッフェ形式にしたわ。お客さまが多すぎて、ダイニングルームには入りきらなかったの」

ジェイスはショックから立ち直れないまま、ジジの紅潮した顔を見てうろたえた。ジジについてすぐに祖母に反論すべきだったのだろうが、かつてここに連れて帰る女性は将来の花嫁だけだと言ったことを思い出し、すっかり狼狽《ろうばい》していた。そのうえ祖母がとてもうれしそうだったので、否定する気になれなかった。祖母は、自分が友人と違ってまだ曽祖母になれないのを何度となく嘆いていた。もし僕が曽孫《ひまご》の父親になるとわかったら、さらに大きなショックを受けそうだ。

「ジェイスから聞いたんだけど、オカメインコが家をさがしているんですって?」

「彼がスノーウィーの話をあなたにしていたとは知らなくて——」

「ジェイスは毎日、電話をくれるの」エレクトラが言った。「そしてなんでも話してくれるのよ」

そう聞いたジジは緊張して両手を握りしめ、スノーウィーの特徴を細かく伝えた。

「前もって謝っておくわね」老婦人が静かにつぶやいた。「ジェイスがあなたを連れてくるのを今週になるまで知らなかったし、あの子は若い人をあまり招待していなかったの。年配者だけのパーティにはしたくなかったから、男性陣のために一族の若い美女をたくさん招待したのよ」

「楽しそうですね」ジジはほほえみ、ドミトリが持ってきた冷たい飲み物を飲みほした。仕事やペットの話をしながら、なぜジェイスの祖母が彼の結婚を見たがるのか不思議に思っていた。評判のため?それともそろそろ落ち着く時期だと思っているの?なぜジェイスは祖母に違うと言わなかったのかしら？　ジジは間違った前提で歓迎されているようで恥ずかしかった。体裁のために来たつかの間の恋人にすぎず、将来の花嫁ではないのに。

ジェイスがほかの一族とともにふたたび現れ、彼らを祖母と一緒に座らせてジジを連れ去った。

「私を花嫁にはしないって、どうしてお祖母さんに言わなかったの？」

「なんて説明したらいいかわからなかったんだ。ずいぶん前に、ここに連れてくるのは花嫁になる予定の女性だけだと言ったのをすっかり忘れていたよ」彼が打ち明けた。「ヤヤは単純な希望と無邪気な憶測からああ言ったんだろう」

ジェイスはジジを、混雑した会場の静かな片隅で話している魅力的な年配の男性二人のところに連れていった。「彼らがエヴァンデルとマーカスだ。こちらがジジだよ」

「エヴァンデル・ディアマンディスだ」ごま塩頭でひげをたくわえた背の高い男性が、ジジと固い握手をした。

「マーカスだ」耳のまわりだけ白髪になった金髪の小柄なイギリス人が、彼女にほほえみかけた。「ジェイスが恋人を連れて帰ってくるのを、僕たちはずっと待っていたんだよ」

「だが、母の婚約指輪を君にあげるのはやめておこう」エヴァンデルが皮肉っぽく笑った。「君はまだ結婚する気がないようだが、噂《うわさ》はすでに広まっているらしい。ジェイス、母さんには八十歳の誕生日を楽しんでもらおう。夢を見させてあげるんだ」

「そのつもりだよ。ヤヤに要求されても指輪を出さないでくれてありがとう」ジェイスが言った。

「じゃあ、どこかに行っておいで。僕たちにジジを知る時間を五分くれないか？」マーカスが愉快そうな口調で頼んだ。

ジェイスに両親代わりの存在がいてよかった、とジジは思った。エヴァンデルとマーカスはにぎやかで楽しい人たちだったけれど、彼女は品定めされているのを意識して緊張していた。

「二人ともまだ互いに夢中な時期なんだね」エヴァンデルが驚いた顔で言った。

びっくりしてジジは言いよどんだ。「あの……」

「君はジェイスをさっきからさがしているし、あいつも君から十秒も目を離さない」エヴァンデルが冷静に切り出した。「私たちには関係ないが、あいつが挑戦する気になったのはいいことだ」

そこにジェイスがやってきて、まるで死の淵《ふち》から救い出すかのようにジジを叔父たちのもとから連れ出すと、彼女は本当に楽しそうに笑った。「とても愉快な人たちね。私たちは互いに夢中な時期なんですって」

「だから僕は君の服を脱がせたいのかな?」緊張した浅黒い顔にまばゆい笑みが浮かんだ。「あの二人は人間観察が趣味なんだよ。はぐれたときのために、家の中を案内しておこう」

ぶらぶら歩いているうち、二人はさまざまな人々と顔を合わせた。ジェイスの母親違いの弟ドメニコは、とても美しいブロンドの女性と腕を組んでいた。ドメニコとジェイスがどれだけ似ているか確かめようと、ジジは目を凝らした。けれど、笑顔やそのほかの表情がほんの一瞬似ているだけだった。

エレクトラがパーティに登場し、ビュッフェ形式の料理が提供されはじめた。

「弟がいるなんて聞いてなかったわ」二階へ案内されながら、彼女はジェイスをとがめた。

「僕もまだ弟のことはよく知らない。父が再婚してできた子供がドメニコなんだ。父の葬儀のときに初めて会ったんだが、ビジネスで大きな成功をおさめ、早めに結婚したいようだ。もしかしたら、曽孫をもうけてヤヤの夢をかなえてくれるかもしれないな」

「私たちが同じ状況にならなければいいんだけれど……」ジジは暗い口調でつぶやいた。

「いくら問題に頭を悩ませても結果は変えられない。それなら気をもむのはやめておこう」ジェイスが挑発するように指摘し、風通しのいい広々した部屋のドアを押し開けた。「今夜はこの主寝室を使う。荷物はあとでここに運ばせておく」

問題？　ジェイスは妊娠をそう考えているの？　私は彼がどう思うと期待していたのかしら？　私自身は違う気持ちでいたとか？　人生とキャリアの今の段階を考えてもそう言える？　ジジは一瞬ジェイスそっくりの子供を思い浮かべて、胸が高鳴り温かくなるのを感じた。もし子供ができたら、私は母親が否定していた愛情とぬくもりをもって育てよう。どんなに多忙でも時間を作り、子供のために生活を変えて、我が子を第一に考えるのだ。ジェイスがどう思っているかなんてどうでもいい。子育てに彼が必要なわけではないのだから。ジジは生来の自立心を胸に自分にそう言い聞かせた。

「深刻そうな顔だな。弟の話などしなければよかった」ジェイスがため息をついた。

「私たちはお互いに夢中なの？」ジジは突然、不安になって尋ねた。「そうだとは思いたくないわ。私にとってあなたがそんなに重要な存在ではあってほしくない――」

ジェイスが彼女を見つめ、ゆっくりと確信に満ちた笑みを浮かべた。「僕も同じ気持ちだが、自分たちでどうにかできることではなさそうだ」

なんの前触れもなく長い指でジジの繊細な顎をなぞり、うなじをとらえてから、ジェイスが彼女に熱烈なキスをした。二人は靴を脱いでベッドにのぼったが、ドレスを引っぱられてジジは叫んだ。「破かないでね！　替えはないんだから！」

ジェイスがファスナーを下ろして首の後ろのホッ

クをはずし、ドレスを頭から脱がせた。

「私たち、こんなことしてちゃいけないわ」彼女は弱々しく抵抗しつつため息をついた。

慣れたようすで、ジェイスがブラをはずした。

「これが互いに夢中な人がすることなんだろう」

熱く飢えたキスを、ジジは拒めなかった。脚のつけ根のうずきにも逆らえなくて、彼をベッドに押してネクタイを乱暴に取る。

ジェイスが体を起こし、まばゆい笑みを浮かべて無造作かつ優雅に服を脱いだ。「僕は君のものだ」

そうだったらいいのに、とジジは思ったけれど、すぐに我に返ってその考えを頭から追い出した。ジェイスと恋に落ちるつもりはなかった。私はすでに抱いていい以上の気持ちを彼に抱いている。でもジェイスが私に抱いているのは欲望でしかなく、深くもなければ長続きもしない。違うと思っているなら、私はとんでもなく愚かだ。

ジェイスの美しい瞳には情熱がきらめいていて、ジジはどうしようもなく期待に震え、頭以上に体が興奮した。避妊具をつけた彼が深く身を沈めると、歓喜のあまり気を失いそうになる。時間をかけてクライマックスへ導かれたあと、彼女は急いで服を着て外見を整えた。けれどその頬は紅潮し、濃いピンクの唇は腫れていた。

料理がふるまわれ、招待客たちが屋外のテラスにあふれそうになっている階下の広い部屋に入ったとき、ジジは自分とジェイスが厳しい視線にさらされているのに気づいた。

「ヤヤのいちばんの望みがみんなにも伝わったんだろうな」ジェイスが言った。「だから、全員が礼儀正しく距離を置いているんだ」

「どうしてそんな態度をとるの？」

「いとこの女性たちは、自分たちの誰かが僕と結婚すると思っていたから、君にじゃまされたと感じているんだ。いいことだが」

「なぜいいことなの？」ジジはかすれた声できいた。

「もし君を僕の未来の妻だと想定しているなら、仲たがいしたい人はいないだろうな」ジェイスが笑った。「それに噂してまわるのに忙しいだろうし」

「私、誰にも未来の妻だなんて思われたくない」ジジはきつい口調で言った。

「すまない」ジェイスが無愛想に謝った。「僕が悪いんだ。ヤヤの望みを否定して失望させたくなかった」

「大丈夫、彼らが私の姿を見かけなくなれば間違っていたとわかってもらえるわ」

彼がハンサムな顔を引きつらせ、官能的な唇を真一文字にした。「そうだな」

沈黙が流れ、無神経なことを言ったのではと思って、ジジは顔を赤くした。急に自分の器の小ささが恥ずかしくなる。二度と会わない人たちが、私をどう思っていたとしてもかまわないじゃないの。それにいずれジェイスがほかの女性に目移りすれば、くだらない噂だったとわかるのだから。

二人で屋外にある日陰のテラスに座っていたとき、ジェイスの異母弟と、恋人に見えるが実際は親友だというブロンド美女がやってきた。ジジは、ジェイスが黙りこくっているのに気づいた。そのせいか旺盛だった食欲がうせ、彼女は化粧室に向かった。

玄関ホールを歩いていたとき、体の曲線が美しい長身のブロンド女性にでくわした。「セラフィーナ・ディアマンディスよ」まるでジジが自分を知っていて当然というように、彼女が言った。

「ええと……」ジジはぎこちなく口を開いた。

「私、ジェイスの初めての恋人なの。あなたは知っておくべきだと思って」控えめだが思わせぶりな口調で言い、なまめかしい唇をとがらせる。

「そのことはあまり話したくないわ」ジジはやさし

くたしなめた。

「私、彼のいとこでもあるの。だから、あなたが出席する家族の集まりには私も必ずいるわ」セラフィーナが不吉な予言をした。

「誰が最初にジェイスとつき合っていても気にしないわ」ジジは言った。「私はジェイスの最後の恋人になりたいだけだもの」

不穏なひとときのあと、ジジは集合写真に参加して息を整えた。エレクトラがプレゼントをいくつか開けると、携帯電話のシャッター音が響いた。そのうちの一つはジェイスが贈ったすばらしい現代絵画だった。エレクトラがエヴァンデルとマーカスを連れて、ジジに自分のコレクションを見せたいと言った。ジェイスはどこかに行っていたけれど、彼女は知識が豊富な三人から芸術についていろいろ学んだ。

オカメインコのスノーウィーがヨットから運ばれ、エレクトラがジジに鳥小屋を見せた。老婦人は自分で餌をとらないなまけ者の亀のハンフリーも庭で飼うと宣言していた。ジジは、ホッピーとティリーがヨットから運ばれてこなかったことに感謝した。もし連れてこられていたら、エレクトラが引き取ると言い出しかねない。ジェイスがどうして動物好きなのかもわかった気がした。

夜になってエレクトラが寝室に引きあげると、DJが登場した。ジェイスは親戚の男たちと飲んでいて、ジジをさがしてはいなかった。

「君たち二人は喧嘩でもしたのかい？」マーカスが踊りながら尋ねた。

「行き違いがあって」ジジは不機嫌な顔で答えた。

エヴァンデルやマーカスと数時間過ごしたあと、彼女はジェイスのところに行き、疲れたと言った。

「僕はもう少しここにいる」ジェイスがジジの手を自分の口へ近づけたが、すぐに放した。

セラフィーナと彼女の友達がジェイスのそばで挑

発的に踊っているのを横目に、ジジは主寝室に向かった。今は私が彼とつき合っているのだから、と一人で快適なベッドに入りつつ自分に言い聞かせる。私はジェイスの未来の花嫁として見られるのをいやがって彼を怒らせてしまった。それはどうしてだったの？

目に涙がこみあげた。理由はたぶん、未来の花嫁だという噂がどうか本当になりますように、と必死に願っていたせいだろう。ジジはどんな障害が立ちふさがってもハッピーエンドを望んでいる、弱い自分を恥じた。大きく唾をのみこみ、ジェイスが主寝室に戻ってくるのを遅くまで待っていたけれど、彼が明け方にベッドに入ったとき、ジジはすでに眠りに落ちていた。

7

翌朝、早い時間に電話で起こされたジジは、ベッドに自分一人しかいないのに気づいた。横にある枕のへこみだけが、ジェイスが昨夜ベッドを使ったことを表していた。

あわてて起きあがったときはまだ寝ぼけまなこだったけれど、電話の相手が動物保護センターのセンター長テアだとわかって一瞬で目が覚めた。テアは出勤するジジを待ち構えているパパラッチがいるので、臨時の獣医を雇って彼女はしばらく休暇を取ったほうがいいと考えていた。警察が出動してパパラッチを追い払っても、スタッフや飼い主たちはジジの情報を執拗《しつよう》にさぐられているという。

ジジは恥ずかしさで口ごもりながら謝罪したが、テアから婚約を祝福されて黙りこんだ。どうしてセンター長が知っているの？　しかし今は本当のことを言わないほうが賢明と考え、ジジは年上の女性に感謝して電話を切った。それからいつものカジュアルなショートパンツとトップスに着替え、ジェイスをさがしに階下に向かった。

執事のドミトリがいちばん広いダイニングルームへジジを案内した。そこではジェイスが電話で話していた。彼は電話を終えるとジジのほうへ振り返った。細身のチノパンにカジュアルなジャケットを羽織り、首にはシルクのスカーフを巻き、近くの椅子にコートをかけた光景は、まるでモデルが撮影現場から歩いてきたかのように完璧だった。彼女の胸はどきどきし、ひそかに落ち着きを失った。自分の格好が平凡すぎて、彼の洗練された恋人に見てもらえるとはとうてい思えなかった。

「早起きしたのね」ジジはそう言ったものの、何時にベッドに入ったのかときくのは我慢した。ジェイスに説明する義務はないからだ。夜更かししたというのに、彼の魅力にはなんの陰りもなかった。

ジェイスがテーブルについてほほえんだ。「いつも夜明けに起きているからね」

「誰かがパーティにいる私たちの写真を渡して、マスコミに私たちが婚約したと発表したみたいなの」ジジは心配しながら彼の隣に座った。

「招待客が携帯電話で撮ったんだな」ジェイスが厳しい顔になった。「まあ、なんとかやり過ごそう」

「それで厄介な事態になってるの」ジジは動物保護センターへの被害を最小限にするため、休暇を取るよう言われたと話した。

「僕のせいだ。すまない」ジェイスが怒りをあらわにし、彼女は心を揺さぶられた。「僕が噂《うわさ》を否定していれば、こんなことにはならなかった。君は家にも帰れなくなった――」

ジジは顔をしかめた。「まさか、帰れるわ」

「パパラッチはすぐに君の自宅を特定するだろう。僕がいない間はヨットにいるといい」ジェイスが勧めた。

息が苦しく目頭が熱くなって、ジジは彼から目をそらした。「私たちは距離を置いたほうがいいと思うし、あなたのヨットにいたら噂が真実だと思われるだけでしょう」

ジェイスが凍りついた。人生で何度も拒絶されてきたので、ジジからも拒絶されてショックを受けているらしい。

「決めるのは君だ」彼が口を開いた。「だが、僕は賛成できない」

彼女は頬を赤く染めた。「どのくらい留守にするの？」

「一週間くらいかな。一緒に来てもいい」ジェイスがつぶやいた。そして、そんなことを言った自分に驚いた顔をした。

ジジは硬直した。「ありがとう。でも遠慮しておくわ。昨日は気を悪くさせてごめんなさい。自分が心地よくない役割に押しこめられているようで、あなたにやつあたりしてしまったの。嘘《うそ》をつくのはあまり上手じゃないし……」

日焼けした長い指が膝の上で握りしめられたジジの両手に重なった。顔を上げると、豊かな黒いまつげに縁取られた魅力的な緑色の瞳がこちらを見つめていた。「君の立場に立ってこの状況を考えていなかったよ」

ジェイスが身を乗り出し、ジジの細いうなじを手でとらえて引きよせた。彼の大きく官能的な唇が唇をゆっくりとかすめ、ジジの心臓がくるったように打つ。ジェイスはゆっくりとキスを深めていき、舌と舌を激しくからみ合わせた。彼女はジェイスを抱きしめ、彼に言うべきでないことを言いたかった。けれど、そんな衝動に駆られた自分が恐ろしくて冷静さを取り戻した。

「ゆうべはもっと早くベッドへ入ればよかった」ジェイスがうめいた。「二人で過ごせる時間は数時間しかないのに、無駄にしてしまったな」

「気にしないで」

彼が低い声で続けた。「僕がいない間ヨットにいないとしても、ホッピーとティリーは残していってほしい。パパラッチが君の家の前で騒いだら、あの子たちにはよくないから」

「数日で落ち着いてくれるといいんだけど」ジジは無理をして明るく言った。

二人ともヨットには戻らなかった。ジジは荷物を持ち、ジェイスとロードス島へ向かうヘリコプターに乗った。彼は日本へ飛ぶために空港でプライベートジェットに乗り換える予定だった。彼女はボディガードとともにリムジンで自宅に到着すると、玄関で声をあげるパパラッチをかいくぐって中へ入った。するとそこには父親がいた。

「身元を明かしたくなかったから鍵を使って忍びこんだんだ」アキレウス・ゲオルギウが申し訳なさそうな顔で告げた。「君が帰ってくるのをずっと待っていた。最初にセンターに行ったんだが、しばらくは出勤しないとセンター長に言われたんだ」

ジジは郵便受けを開けて、中に弁護士からの手紙があるのに気づいた。母親の家にやっと買い手が見つかったのだろうか？

「本当なのか、ジェイス・ディアマンディスと婚約したというのは？　一族のパーティにいる君の写真を見て驚いたよ」アキレウスが言った。

「婚約はしてないわ」ジジは硬い口調で否定した。

「でも、まだつき合ってはいるの」

ジジはジェイスに恋をしていた。そうなりたくはなかったけれど、ヨットで最初にディナーをとったときから彼を好きになっていた。如才ないプレイボーイの奥に、心やさしい男性がいるのに気づいたときから。

「手紙はなんと?」アキレウスはジジと同じくらい話題を変えたかったらしい。

「借家人ともめていてずっと母の家の買い手が見つからなかったの。その借家人がやっと退去して買い手が見つかったんだけど、屋根裏にまだ物があるのに気づいたんですって。私は屋根裏を見たことがなくて」彼女は後ろめたそうに言った。「家を貸す前、母が倉庫に預けていた私物は整理したんだけど。オックスフォードに戻って片づけてこないと」

「ほかの方法はないのかい?」父親がきいた。

「ないと思うわ。休暇を取れと言われてるから今のうちに手を打つのがいちばんよ。母が屋根裏部屋を使っていたなんて知らなかった」

「私もディアマンディス一族のパーティで君を見るとは思わなかったよ」アキレウスが裏口へ行きながら言った。「ディアマンディスの祖母の横で、君はまるで小さな女王のようだったな。彼とつき合っていると知ったとき、ひどいことを言ってすまなかった。彼は君に敬意をもって接している。少なくとも彼のほうがまともだ」

「ええ」ジジは父親にほほえみかけた。初めて父親に元気づけられていた。

ジジは家の表側のカーテンを閉めると、ドアをノックする音は無視して片づけと掃除に取りかかった。それからテアに電話して数週間の休暇の許可をもらい、ジェイスにメールして、家の問題を解決するためにイギリスへ帰ると連絡し、戻るまでホッピーとティリーを海王号で預かってほしいと頼んだ。ジェイスは電話をかけてきて、プライベートジェットを使うといいと言ってくれたが、彼女は遠慮すると答えた。すると彼はイギリスではどこに滞在するのかと尋ね、ロンドンにある自分の別宅への宿泊を勧めた。

「ホテルを予約するつもりだったんだけど」安ホテルを。母の家は空き家で家具もろくになく、数泊しかしないならシーツやそのほかの必要なものを買う意味はないからだ。

「僕のペントハウスを使ってくれ。そうしてほしい。君がそこにいれば安全だとわかるし」

ジジはまた反論しようと口を開いたものの、なぜ断らなければならないのと自問した。ジェイスが自分の安全と快適さを気にかけてくれているのが心強かった。子供のころから、そんなことをしてくれた人はいなかった。「わかったわ」

「プライベートジェットも使ってくれるか？」

「そっちはだめ」ジジはきっぱりと言った。

ジェイスが笑った。「ロンドンに着いたら迎えをやるから、病院で血液検査も受けてくれ。乗る便の詳細を送ってほしい」

航空券を予約して、ジジはひと息ついた。ようやく母親の遺産を処分できることになってほっとしていた。家が売れれば、ロードス島に自分の家を買うお金ができる。この祖母の家はいずれ売れるから、私はほかに住む場所をさがさなければならない。島には血縁者もいるし、ロンドンよりも親しい友人もできたから、ここにいたい。いつから私は将来の計画を立てるのをあきらめ、仕事ばかりの日常を送るようになってしまったのかしら？　ジェイスはそんな日々から私を救い出してくれたけれど、彼との関係の代償は大きい。こんなにいいことはずっとは続かないし、いつか私は傷つくはずだ。

三日後、ジジはロンドンの空港でリムジンに乗りこみ、ジェイスのペントハウスへ向かった。案内された寝室は広々としていて快適で、夕食をとった上品なダイニングルームは街を一望できる開放的な居間の隣にあった。次の日は早い時間に起きたのに朝食が準備されていて、彼女のためにオックスフォードへ向かう車も手配されていた。

子供時代を過ごしたはずなのに、母親が所有していた小さな一戸建ての家に見覚えはほとんどなかった。まだ家具がそろっていたころの部屋の記憶はぼんやりしていたし、屋根裏部屋へ続く折りたたみ式の金属製の階段をのぼったこともなかった。

「ミス・キャンベル、まずは私たちが見てきましょう」運転手ともう一人の男性が、ジジが上がっていけるよう、すでに屋根裏部屋への入口を開けていた。

ジジは二人を上がらせ、古い家具と段ボール箱がいくつかあったという報告を聞いた。二人が持っておりてきた箱の一つを開けると、中には母親のものらしき古いファイルが入っていて、あとで捨てるために取り出した。二つ目の箱の中身はもっと興味深く、ジジはさっきよりも時間をかけて見ていった。なぜなら今まで見たことのない家族写真や、太陽の下で一緒にポーズをとっている両親の写真があったからだ。めったに笑わない母親が写真の中では笑みを浮かべていた。知らない人たちからの古い手紙もあり、箱のいちばん下にはロードス島から投函《とうかん》された未開封の手紙が十二通あった。

父親の筆跡に見覚えがあったジジは眉をひそめた。なぜ母親宛なのに、手紙は未開封なのかしら？　消印の日付から、ジジが生まれてからの六年間に書かれているのがわかった。これ以前のアキレウスからの手紙が母親の両親を怒らせたとかで、母親は彼と連絡を取るのを拒否していたの？　母親の頑固さに頭を振り、ジジは写真と手紙をバッグに入れた。父親の私的な手紙を開封する気はなかった。この手紙を返せば、父親は過去を話し、私の質問にも答えてくれるかもしれない。

その夜ジジはジェイスに電話をかけ、手紙のことを話した。彼の反応は正反対だった。ジェイスは自分なら手紙を開けたと言ったのだ。

「いいえ、礼儀として父親に渡して、なんと言うか見てみるわ」ジジはそう主張した。「母に宛てた手紙なら、私が読むべきじゃないと思うの」

「君がそう言うなら」ジェイスがため息をついた。

ジジは残っていた家具の運び出しを依頼すると、すぐに弁護士を訪ね、売却書類にサインをした。それで決着がついた気がした。母親のかつての家を訪れても、楽しくて大切な思い出など一つもないのが悲しかった。母親は娘と過ごす時間を作る人ではなかった。母親が出張に行く前やジジが寄宿学校に戻る前に、ときおり二人で過ごすのがせいぜいだった。母親が一人娘に関心を持つのはいつも成績についてに限られていた。

午後の遅い時間、ジジはジェイスの指定した病院の検査室へ行き、腕から採血された。もし結果が陽性だったらどうしよう、と彼女は暗い気持ちで考えた。私の未来は吹き飛び、これまでとはまったく別の道を歩むことになるだろう。そこで初めて母親が家庭よりもキャリアを優先していたのを思い出し、頭がくらくらした。シングルマザーの場合、仕事をしているほうが経済的には安定する。とすると、母親に対する私の判断は少し厳しかったのかしら？たとえ愛されていなかったとしても、面倒はちゃんと見てもらっていた。

ジジは深く息を吸った。獣医の仕事は彼女の人生の基盤だった。動物の世話は家庭生活では経験しなかったことであり、心の支えになっていた。もし妊娠していたら、恐怖と不安はあるけれど、私は間違いなく産む選択をするはずだ。でも、ジェイスはどう考えるかしら？

ジジは暗い想像を打ち切った。毎夜ベッドで寝返りを打ちながら、ジェイスと一緒にいた時間を思い返すだけでもじゅうぶん悪いのだ。情熱的なひとときを思い返しては、彼が目の前にいなくても体を重ねたいと望んでしまうのも。ジェイスは毎日電話をくれるけれど、その程度では足りない。誰かを恋しく思うなんてありえないと思っていたのに、彼が恋しくてたまらない。

大人になりなさい、とジジは自分に厳しく言い聞かせた。ジェイスに執着しているのはよくない。彼が興味を失えば、待っているのは傷つく未来なのだから。自分の精神状態にいらだった彼女は、研修医時代に一緒だった大学時代の友人二人に連絡を取り、翌日の夜に飲みに行くことにした。

「タクシーで行くから」翌日、ジジは目的地まで連れていくと言い張るジェイスの運転手に訴えた。おまけに、屈強なボディガードのスタヴロスも彼女のそばを離れないと宣言した。「本当にそんなふうにしてもらう必要はないの」

「必要かどうかはミスター・ディアマンディスが決めることですから」スタヴロスが言った。「彼と話したほうがいいでしょうね」

ジジはそれ以上抵抗するのをあきらめ、バーへ行ってからジェイスと話そうと決めた。リムジンから舗道へ降りたとき、店の外のテーブルから声がした。そちらへちらりと視線をやると、友人のエディソンとマリオンが目をまるくしてこちらを見ていた。

引っきりなしにたばこを吸う癖があるのでエディソンがいつも屋外の席を選んで座るのを、ジジは忘れていた。雨は降っていないとはいえ、十月下旬の風は氷のように冷たく、コートを着ていてよかったと思った。

「ジジ」エディソンが立ちあがった。ひょろりとした彼はジジよりもずっと背が高かった。「やっと大人になったじゃないか。信じられないよ――」

「運転手つきの車でやってきた彼女を口説くのは無理があると思うわ」マリオンがエディソンを制してやはり立ちあがった。ふわふわしたカーリーヘアと温かみのある茶色の瞳を持つ彼女は、小柄で明るい性格の女性だ。「でも、エディソンは正しいわ。あれから四年になるのね。私の結婚式のときのあなたはまだ子供みたいだったのに、急に私たちと同じ大人になっちゃって」

友人たちと軽く抱擁し合うと、ジジは席について飲み物を注文した。スタヴロスは店の入口の近くに座っている。「今、あなたはお母さんなのよね？」マリオンに話しかける。「どんな感じ？」

「子供の話をするつもりなら、僕は帰るぞ」エディソンが脅した。

「どんな感じかですって？」マリオンが天を仰いだ。「手に負えなくて、恐ろしくて、すばらしいことが同じ一日に全部同時に起こるのよ」

それから話は仕事と、それぞれの専門分野に移っていった。エディソンはほぼ馬のみを診察しているが、マリオンはジジと同じく小動物やペットの治療に熱心に取り組んでいた。ジジが動物保護センターの話をしていたとき、マリオンの携帯電話が鳴り、友人がバッグを持って立ちあがった。

「行かなくちゃ。息子のダミアンが熱を出して、夫のスティーヴがどうしたらいいかわからないってメールを送ってきたの」マリオンがすまなそうに言った。「また連絡してね、ジジ」

「どうやら二人きりみたいだな」エディソンがジジにほほえみかけて腕をまわした。

ジジは即座にその手を振り払った。「私も帰ろうかしら」不機嫌そうに言い、バッグに手を伸ばした。

「おいおい、もう君は昔みたいにうぶじゃないだろう……最近は悪名高いギリシア人のプレイボーイと遊んでいるんだから」エディソンが行かせまいと彼女の髪をつかんだ。「一緒に働いていたときから、君のことが好きで好きでたまらなかったんだ。だが、年下すぎるうえに世間知らずだったから――」

「残念だけど、もうあなたのことは好きじゃないわ」ジジは激しい口調で言った。「私には恋人がいるの。浮気はしたくない――」

「聞こえただろう。手を離せ」彼女の後ろから男らしい、聞き覚えのある声がした。

ジジは髪が抜けそうになるのもかまわず、驚いて後ろを振り向いた。「ジェイス？」

ジェイスがジジの髪をエディソンの手から自由にし、彼女に両腕をまわして椅子から抱きあげた。

「もういいだろう？」スタヴロスがリムジンのドアを開け、ジェイスがジジを後部座席に座らせた。

ジジは有頂天になっていた。ジェイスがロンドンにいる。彼女は自分が幸せなのかどうかわからなかった。ただ急に人生がすばらしく、刺激的に感じられた。「三年前にエディソンと一緒に働いていたとき、私は彼に恋心を抱いていたの。でも、なにもなかったわ。エディソンは私の気持ちに気づいてたと思うけど、私は積極的に気のあるそぶりをしなかったから」彼女が昔を思い出して赤くなっていると、ジェイスが隣に乗りこんできた。「どうして来るって言ってくれなかったの？」

「君を驚かせたかったんだ。まさか、君に言いよるろくでなしを見るとは思わなかったよ」ジェイスが長い手足を反対側の座席に投げ出した。「いやがる君の髪を引っぱって引きとめようとするとは。僕に殴られなくて、あいつは幸運だったな！」

黒いまつげに縁取られた鮮やかな緑色の瞳に見つめられて、ジジは衝動的に動いた。「会いたかったわ！」うめき声をあげて身を乗り出し、ジェイスのコートの肩に顔をうずめると、胸いっぱいに彼の海を思わせるさわやかな香りを吸いこんだ。

ジェイスが力強い両腕でジジをしっかりと抱きしめた。「僕も会いたかった、想像以上に……君に心をつかまれていたみたいだ」

ジジは顔を上げ、彼を見て口をあんぐり開けた。

「あんなにすてきだったのに切っちゃったの！」切りそろえられた黒髪に細い指を悲しげにくぐらせて嘆く。「あなたの巻き毛が大好きだったのに」

「そろそろ髪型を変えたいと思ってね」

「ひと言相談してほしかったわ」

「本気で言ってるのか？」

「明日、私も髪を五、六センチ切ってくるわ。あなたはどう思うかしらね？」ジジは挑発した。

ジェイスが彼女を見つめ、大きく官能的な口の端を上げた。「つかの間の恋人同士にもルールはあるんだな」いたずらっぽく言った。「では、僕もルールを作ろう。僕がいないからといって、ほかの男と会うのは禁止——」

「あなたって嫉妬深いタイプなの？」青い瞳を楽しげに輝かせ、ジジは好奇心に駆られてきいた。

ジェイスの高い頰骨がほんのりと紅潮した。「前はそうじゃなかったが、ほかの男がどこであっても君に触れるのは気に入らない。君の許しがない場合は特に」長い指が風で乱れた彼女の髪をすき、うなじをとらえた。

ジジの鼓動が速まり、期待で息が苦しくなった。

ジェイスが荒々しく彼女の唇を奪った。性急で飢えたようなそのキスは、ジジが終わりのないうずきを癒やすためにもっとも求めていたものだった。それゆえに欲望がさらに刺激された。彼女は手をジェイスのコートの中にすべりこませ、シャツの脇腹を撫《な》でおろすと、上質なコットンを引っぱってズボンから出し、素肌に触れた。彼が腰を持ちあげたので、ズボンの上からでも興奮の証《あかし》がはっきりと感じ取れて、ますます欲望を抑えきれなくなった。

ジェイスがすばやく姿勢を直し、両手でジジの腰を強くつかんで彼女を押しとどめた。「ここではだめだ、車の中では」ジジの頭のてっぺんにキスを落とす彼の引きしまった体は震えていた。「君は僕を十代のころのような無鉄砲にさせてしまうな、僕の《コー》お人形《クラ・ムー》さん」そしてうなり声をあげながらジジを座席に戻し、彼女のシートベルトを締めた。

「長い一週間だったわ」ジェイスが自分より先に理性を取り戻したのを恥ずかしく思いつつ、ジジはつぶやいた。

彼がジジの小さな手を握った。「血液検査には行ったのか？」

「ええ、明日電話があるはずよ」彼女は硬い口調で答えた。この話には緊張せざるをえなかった。「なにも心配する必要はないと思うわ」

「結果を待とう」

二人はペントハウスの専用エレベーターまで行った。ジェイスがジジを抱きしめて、さっきまで抑えつけていた飢えと衝動のままにキスをする。二人は体を密着させ、唇を重ね、舌をからめ合った。ジジは全身が震え、心臓が激しく打ち、神経という神経が興奮して悲鳴をあげている気がした。彼がジジを寝室へ運び、ベッドに横たえてから、コートを脱いでネクタイと靴を放り投げ、激しい焦燥感をこめた視線を向ける。

「ああ、本当に私に会いたかったのね」ジーンズを脱がされたとき、ジジは喜びを隠しきれずにつぶやいた。

「リムジンの中ではもう少しで一線を越えるところだった」ジェイスが得意げに言った。「どちらが会いたかったか比べても、君に負ける気はしないな。だが、君の成長ぶりには大きな衝撃を受けたよ、ミス・キャンベル。ほんの数週間前までの君は純粋無《む》垢《く》だったのに」

ジジは起きあがって膝をついた。「黙って」手を伸ばしてジェイスのベルトをはずし、ファスナーを下ろした。

するとジェイスが数日ぶりに腕の中に戻ってきて、ジジの世界はふたたび完璧になった。まるで彼がジジの人生というジグソーパズルの一片であるかのようだ。彼のぬくもりや引きしまった力強い長身、香り、肌触りといったすべてが大きな波のようにジジを包みこむ。ジェイスの唇が唇に重なり、手が胸に触れ、興奮の証がおなかに押しあてられると、彼女は天高く舞いあがった。鼓動がとどろくように鳴る中で、彼が避妊具をつけ、ジジを奥深くまで満たして切望していた喜びをもたらす。ジェイスの印象的なエメラルド色の瞳を見つめた彼女は、ほかの男性相手ではありえないほど彼を心から愛していることに気づいて興奮がさらにつのった。

すべてが終わり、ジェイスは両腕をしっかりとジジにまわして余韻にひたっていた。まだ彼女を手放したくなかった。それは悪いことではない、と彼は自分に言い聞かせた。叔父にも、気軽なセックスよりもっと刺激的な関係があると認めるつもりはなかった。年長者であるエヴァンデルはそういう関係が存在すると経験から知っていた。しかしまだ二十八歳のジェイスにとっては一人の女性に深入りするよりも、選択できる自由を満喫するほうが大切だった。だから永遠に続く関係に興味はなかった。そういうものを望んでこじれたらどれほど危険で不安定で厄介な問題になるかなら、自身の過去が証明してくれていた。

真夜中ごろ、ジジはベッドから起きあがり、冷蔵庫にあったものを使って二人のために軽食を作った。「いつ仕事に戻るの？」ジェイスがまた自分を置いていくのが不安でたまらなくてきいた。

「二、三日はロンドンにいる。時差ぼけを解消しながら君と一緒に過ごしたい」ジェイスがキッチンのカウンターに背中をあずけてのんびりと食事をした。その姿はポスターのモデルそっくりで、黒いボクサーパンツをはいてまぶしい笑みを浮かべた彼は、髪を乱しつつ引きしまったブロンズ色の筋肉をあますところなく見せつけていた。

ジェイスをひと目見ただけで、ジジは息をするのも忘れた。そんな自分をどうすることもできなかった。けれど彼を恨んだりせず、最後まで誇りを持って関係の終わりを見届けると決めていた。

「ペットが恋しいわ」ジジは打ち明けた。

「そうだろうな。君はファロスに二匹置いてこなければならなかった。だが、僕たちは二日後にはロードスへ戻る。これからもっとたくさんの動物を助けるんじゃないかな」

「でも、あまりお金はないの。母の家が売れたお金が入ってきたら、小さな庭がある家を買おうと思ってるし。今、住んでいる祖母の家もいつかは売れてしまうでしょうから」

「じゃあ、僕とヨットに一緒にいればいい」ジェイスが提案した。

ジジの顔が青ざめてこわばった。「そうやってけじめをつけないのはよくないわ」

「どういう意味だ？」ジェイスが厳しい口調で問いかけた。リラックスしていたさっきまでとは一変して、大きな肩には力が入っていた。

口の中がからからになり、ジジはぎこちなく肩をすくめた。「別れたとき、あなたに住む場所まで頼りたくないの」

「お気づかいをどうも」ジェイスが皮肉をこめて言った。「再会できた日にそんなことを考えていたとは、少しがっかりしたよ」

ジジは鼻にしわを寄せた。「でも現実的だわ」

ジェイスは歯を食いしばった。ほんの数時間前まで自分も同じような考え方をしていたのに、ジジが自立心を大切にして去っていく、そしてほかの男たちとつき合うと想像すると我慢ならなかった。新たに拒絶されることには耐えられなかった。実の両親に背を向けられた過去も忘れられなかった。

ゆっくりと深く息を吸ったものの、ジェイスはなにも言わなかった。ジジのとても悲観的だが理性的で現実的な考え方を聞いて、なんと言えばいいのか思いつかなかった。ジェイスは今を生きているだけだが、ジジの視野はもっと広く、彼には思いもよらない問題まで見通している。ジジは僕よりも大人なのだろうか？　もし彼女が違うタイプの女性だったら、僕は言い負かされていたかもしれない。

数時間後、ジェイスがうなり声をあげた。「あれは僕のじゃなく、君の電話だろう。電源を切ってくれ」

カーテンの隙間から日の光が差しこむ中、ジジは裸でベッドから起きあがり、床に散らばった服の山からジーンズをさがし出して電話に出た。

「ミス・キャンベルですか？　この内容は本人にしか話せません。検査結果をお伝えする前に、あなたの個人情報を教えていただけますか？」

病院からだった。ジジは本人かどうか証明する質問に答えながら立ちどまった。ジェイスもベッドから起きあがり、美しいエメラルド色の瞳を急に血の気を失った彼女の華奢《きゃしゃ》な骨格の顔に向けた。一分後、ジジは携帯電話をジーンズのポケットに戻した。

「私、妊娠していたわ」ジジはショックを受け、震える声でささやいた。額には汗が噴き出していた。

8

ジジの言葉を聞いたとたん満足感が体を駆けめぐり、ジェイスはぎょっとした。それと、頭の中にはとても言えない考えも浮かんでいた。今すぐここを立ち去りたいという考えも……。

彼は自分の反応にショックを受け、頭がどうかしてしまったのかと思った。赤ん坊だって？　赤ん坊についてはなにも知らないから、言えることは一つもなかった。しかしここ数週間、ジジが妊娠したかもしれないと思っていたせいで、生まれて初めて赤ん坊という存在は意識していた。赤ん坊と妊婦という存在は。そして親になる可能性が多少なりともあるのに、好奇心を抱いている自分を不安に思っていた。

「妊娠だなんて！」ジジが息をのみ、打ちのめされた表情になった。

「この世の終わりというわけじゃない」彼女の言葉を冷静に受けとめながら、ジェイスは指摘した。「ベッドに戻るんだ。まだ起きる時間では――」

「ベッドに戻る？」ジジが信じられないという目を彼に向けて繰り返した。「正気なの？　私は妊娠したと言ったのよ？」

ジェイスはベッドから飛び出し、絨毯《じゅうたん》の上で座りこんでいた彼女の手をつかんで立ちあがらせた。「僕たちはひと晩じゅう起きていて、疲れはてている。話をするのはあとに――」

「悪夢だわ……」ジジが目に涙を浮かべて彼を見あげた。

「大騒ぎするのはやめよう」ジェイスはジジを安心させようと生来の自信をもって諭し、裸足《はだし》の彼女をかかえあげると、大きなベッドに運んで自分のそばにそっと横たえた。「しばらく眠れば気分もよくなるし、対処もしやすくなる――」

「私、中絶なんてしないから！」ジジが非難のこもった口調で宣言した。

ジェイスは腕を伸ばして彼女をしっかりと引きよせた。「僕もそんなことはしてほしくない――」

「でも、どうするの？」ジジがいらだたしげに問いかけた。おそらく、ジェイスがここまで落ち着いているとはまったく予想していなかったのだろう。彼は震え、おびえ、怒りくるうと予想していたのかもしれない。たしかにジジとは知り合ってまもないし、子供の父親になる覚悟も意思もない独身の若い男ならありうる反応だ。

心の中ではジェイス自身も親になることや、要求されるだろう生涯にわたる責任を思うとショックを受けていた。実の両親は親らしいことをせず、幼い息子に興味がなかった。その点では、僕は両親よりもずっといい親にならなくてはならないだろう。しかし今は、ジジに胸の内のパニックを打ち明ける余裕がなかった。そうするよりも深呼吸をして一歩引き、解決策を考え出す必要があった。つまり感情的になったり、状況を大げさにとらえたりするのはまずい。集中するのは現実的な部分のみにしなくては。

「結婚しよう」

「なんですって？」ジジがベッドからぱっと起きあがり、嘘《うそ》でしょうという顔をした。ジェイスも起きあがり、困惑した。

ジジの愕然《がくぜん》とした表情を観察した彼は思いつく限りの反論を頭に浮かべてから、もっとも現実的で親らしいと受けとめられそうなものを選び出した。

「ディアマンディス家の財産はすべて信託扱いとなっている。子供にその財産を相続させるには、両親が結婚していなければならない。いくら結婚に消極的な君でも、将来の子供の相続権は守りたいんじゃないか？」

そのとてつもなく合理的で感情を排した説明に完全に狼狽《ろうばい》し、ジジはまたゆっくりとベッドに横になった。ジェイスがほっとしたように、彼女の背中を自分のほうへ抱きよせた。

「今は眠るんだ。君は悲観的になっているんだよ。僕たちは大人だし、二人でこの問題を考えよう。一緒に対処すればいい――」

「本気なの？」ジジは心配そうにつぶやいた。

「僕の言葉が信じられないのか？」

結婚？　ジェイスと結婚する？　たしかに子供の将来を考えるならできるかもしれない、と彼女はぼんやりと考えた。そうする以外の選択肢はない。でも妊娠したと私から聞いたとき、ジェイスは胸に感情がわきあがったはずなのに、それをどうしたのかしら？　どこへやってしまったの？　彼はひと言も間違ったことは言わなかった。いつもあれほど如才ない人だった？　なぜ私は、ジェイスが自分の感情を隠しているのではと疑っているの？

ジジが眠りについたのがわかって、ジェイスは安堵《あんど》のため息をついた。それにしても妊娠とは。赤ん坊についてはなに一つ知らないが、日本に出張している間はベビーカーに乗せられた赤ん坊を一人か二人見かけ、そこそこかわいくて興味深いと思った。友人に子供のいる者は一人もいない。それに、ディアマンディス家の男たちはたいてい中年になるまで結婚しない。彼は眠るジジのまだ平らなおなかの上にこっそりと手を広げ、そこに宿る命に両親よりもいい親になると誓った。

とはいえこれからの未来を想像すると、落ち着きを失った。ジェイスはベッドからそっと起きあがって携帯電話を取り、妊娠を家族に伝えた。結局のところ、事態を収拾するのは僕の義務だ。それなら今後なにが起こるかを確認しておけば、感情的にならずにすむ。

ジジが目を覚ますと、ベッドに朝食が運ばれていた。ジェイスはブランド物の上品なスーツに身を包み、背筋を伸ばしてこちらを見ていた。彼は朝一番でもとてもすてきに見えたが、髪はぼさぼさでまだ歯も磨いていないジジはそうではなかった。トレイに美しく並べられた朝食に視線を落とした彼女は、いつどのように二人はこんな関係になったのだろうと思った。彼のことは大好きだけれど、だからといって依存したくはない。これまでは誰にも頼らず生きてきた。

「さっき、医師の診察予約を取ったよ」ジェイスが言った。「彼は一流の産科医だ。まだ僕たちは病院で確認してはいないから、そうしたほうがいいと思って――」

「妊娠しているのは私なんだから、〝僕たち〟なんて言うのはやめて」ジェイスはあなたを気づかっているだけなのよ。不機嫌になるのはやめなさい。心の声にそうたしなめられても、ジジは辛辣にならずにいられなかった、今まで誰一人、面倒を見てくれた人がいなかったせいで反発してしまったのだろう。初めての扱いに恐ろしくなってしまったのだ。「でも、医者に診てもらうのは普通のことよね」ジジは頬を赤くしながら譲歩した。

妊娠したのはジェイスのせいじゃない。どちらかといえば、同年代の多くの女性がしている避妊をしていなかった私のせいだ。ベッドをともにしたい男性には一生出会えないとずっと思いこんでいた。けれどすぐそばにいるジェイスを見ると、彼をベッドに戻してスーツを脱がせたくなる。ジェイスのそばにいると私は自制心を失い、いやな人間に変わってしまうのだ。

ジェイスはジジとは違って自制心を失っているようには見えなかった。彼の聡明《そうめい》そうな緑色の瞳は謎めいていて、途方もなく魅力的な顔の表情も静かな海と同じくらい穏やかだ。まったく人間味が感じられない。こんなジェイスの一面は初めて見る。彼がなにを考え、なにを感じているのかわからず、締め出されているような、距離を置かれているような気分だ。

ジェイスはこれほど相手の頭の中でなにが起こっているのか知りたいと思ったことがなかった。妊娠という現実にまだ動転し、パニックになっているジジをどうすればいいのか見当もつかなかった。支えようとしたのも彼女は気に入らなかったらしい。彼はいらだって奥歯を強く噛《か》みしめた。できることをしろ。感情的になっては彼女をなだめられない。

「なにが食べたほうがいい」トレイの朝食に手をつけようとしないジジに、声をかけた。

トレイにはジジの好きなものばかりが並んでいた。私の好物がなんなのか、ジェイスはいつから気づいていたの？　二人はまだそれほど長く一緒にいないのに、ホットチョコレートもヨーグルトもフルーツもある。でも私は、彼が朝食に食べたいものが全然わからない！　私はわがままで役立たずの恋人なの？　とにかく、ジジは食べはじめた。

シャワーを浴びてさっぱりしたあとはジーンズをはき、少しみすぼらしいセーターを着た。服を買わなければと思い、彼女は憂鬱になった。真冬に着るものはほとんど持っていないから。

「なぜそんなに深刻そうな顔をしているんだ？」ジェイスがエレベーターのドアを開けた。

「深刻なことばかりだからじゃないかしら」ジジは暗い表情で答えた。

力のこもった彼女の顎を上げさせ、ジェイスが頭を低くして口づけした。それは軽くもなくぐさめが目的でもない、まさに情熱的なキスだった。そして、驚いた顔をしているジジを待っていた車まで案内した。妊娠がわかって以来、初めてジェイスが感情をあらわにしてくれて、彼女はとてもうれしかった。

車の後部座席でジェイスが飲み物を勧めたが、ジジは断った。すると彼は手際よくきらびやかな指輪を取り出し、細心の注意を払ってジジの左手の薬指に通した。「ええと……これはなに？」彼女は小さな声できいた。

「婚約指輪だ。僕たちは結婚するのだから」ジェイスがきっぱりと言った。

「そうよね、体裁は大事だもの……世間からどう見えるかは」結婚は偽りも同然なのに指輪は本当に美しく、ジジはつらくてたまらなかった。指輪はいやらしいほど巨大な宝石がついているわけではなく、まばゆいばかりの輝きを放つダイヤモンドがいくつも渦巻き状にあしらわれている。間違いなく天文学的に高価なはずだ。「とてもきれいね、ジェイス。すごくおしゃれで、私の手にはもったいないわ。ありがとう」

だがジェイスは、ジジの顔が緊張していて唇が泣き出す直前のように震えているのに気づいたらしかった。「どうしたんだい？」

この指輪が婚約者らしく見せるための偽物でなく、本物だったらよかったのに。「なんでもないわ、どうしちゃったのかしら？」彼女は正直に言った。「でも、泣きたい気分なの。私らしくないわよね」

「たぶん、ストレスだろう。君にそんな思いはしてほしくない」ジェイスが力強い口調で言った。「もし君がストレスを感じているなら、それは僕の問題であって君の問題ではない。ファロスでの結婚式は、叔父のエヴァンデルとマーカスと祖母が準備してくれる。君はドレスを選ぶだけでいい」

ジジはうろたえた。「結婚式？　もうそんなことを考えているの？」

「どうしてだ？　どうせするなら、ぐずぐずしている意味はないだろう」

なにを言えばいいか思いつかず、ジジは口をつぐんだ。追いつめられ、考える暇も与えられずに選択を迫られている気がする。でも、そう思うのは理にかなっているの？　私は子供が将来受け継ぐ財産のために、ジェイスとの結婚に同意したんじゃなかった？　あれは恐ろしい決断だったのだ、と彼女は気づいた。実は命のない冷たいお金以外のいろいろなことが、あのときの決断には含まれていた。

「私たちはどちらも結婚したいわけじゃないでしょう」彼女は堅苦しい口調で訴えた。ジェイスと毎日一緒にいてもなんとかなるかもしれないと思っていたけれど、彼の華麗な女性遍歴を忘れていた。美しい下着モデルや華やかなスター女優、洗練された社交界の令嬢などなど。ジェイスはそんな女性たちとつき合ってきた男性なのに、私が妻にふさわしいとは思えない。

「なんとかすればいい」彼が話は終わりだという口調で告げた。

ジジは事前検査を受けてから、ジェイスと産科医が待つ診察室へ入った。穏やかな表情をした四十代とおぼしき男性の産科医は、超音波検査でおなかの子の鼓動を彼女に聞かせてくれた。ジジはうれしくて涙が出そうになった。ジェイスはそんな彼女の頬を撫《な》で、気づかないうちにこぼれていた涙をぬぐってくれた。

「わかるよ、僕のお星さま《アステリ・ムー》」彼がやわらかく低い声で言った。「とても特別な瞬間だ」

そう呼ばれて、ジジはふたたび泣きそうになった。しかし彼女の職業が獣医だと知ると、産科医のミスター・イームズが自分の妻も同じ獣医なのだと明かした。そして、妊娠中は仕事から離れていたと続けた。

「そうする必要があったんですか？」ジェイスが驚いて尋ねた。

「有毒な化学薬品、危険な処置、感染症のリスク、怪我《けが》をした動物からの危害をどうお考えですか？」

「たぶん、奥さまは私よりもたくさん患者を診ていたんでしょう」ジジは硬い口調で言った。彼女にとってその仕事は人生の錨《いかり》であり、よりどころだった。その仕事ができなくなるのは恐ろしかった。

「そうだとしても、妊娠中の獣医には多くのリスクがあります。おなかに赤ん坊がいるのに、本当に働きたいですか？　大きな動物病院にお勤めであれば、あなたが扱えない患者を同僚に担当してもらえるなどで対処できるでしょうが」

けれど、ジジにそういう選択肢はなかった。ロードス島の動物保護センターの獣医は彼女一人だった。動物看護師のイオアンナは予防接種と血液検査しかできない。つまり、手術やそのほかの治療をするときは獣医が必要になる。ジジは困った顔でうつむき、小柄な体をこわばらせた。

「仕事は数カ月休むといい」彼女をリムジンに乗せたとき、ジェイスが感情のない声で告げた。

ジジは目を見開いたものの、返事はしなかった。仕事を休むと考えると、頭上で破滅の鐘が鳴り響いている気がした。獣医の仕事は彼女にとって安定を保証するものであり、人生の基盤だった。私は大切なものを失おうとしている。仕事がなければ、私の人生は崩壊してしまう。「言うのは簡単だけど、そんなに単純な問題じゃないわ」

「今の状況で単純な問題など一つもない」ジェイスが辛辣に反論した。

やっとジェイスの本音を聞いた気がして、ジジの心は深く傷ついた。ジェイスはあれこれ周到に計画してくれていたけれど、本当はいやいやだったのでは？　彼は赤ちゃんも私も欲しいわけではなく、結婚もしたくないのでは？　彼女は必死に唾をのみこみ、肩に力を入れて感情を抑えつけた。

「どうしたんだい？」ペントハウスのエレベーターで、ジェイスが尋ねた。

「なぜそんなことをきくの！」ジジは彼に噛みついた。もはや耐えられなかった。「私の人生がめちゃくちゃになろうとしているのに！」玄関でどなった。

「獣医は君の仕事だろう？」ジェイスが平然と言い、爆発寸前の手榴弾《しゅりゅうだん》を観察するようにジジを観察した。

「そうね！」ジジは廊下を歩き、一人になって癇《かん》癪《しゃく》を爆発させるために寝室へ向かった。

残念ながら、ジェイスはジジを一人にしておいたほうがいいとは思わなかったようだ。彼女は怒りといらだちで頭が爆発しそうだった。だが彼はいつもと同じく冷静で、寝室に入ってドアを閉め、そこに背をもたせかけた。その姿はくるおしいほどセクシーで、ジジはセーターの下の胸がうずき、下腹部が締めつけられた。妊娠も結婚も望んでいない男性と誓いを立てるのは最悪だし、それでもそんな男性を求めているのも自分への裏切りだと思った。

「なにが問題なのか教えてくれ」ジェイスが低い声で言った。「僕が解決するから――」

「これは無理よ」

「君は赤ん坊を望んでいないのか？」ジェイスが恐ろしく静かな口調で尋ねた。威圧するように目が細くなっていて、これまで見たことのないその表情にジジは凍りついた。

「いいえ……望んでないわけないわ」彼女は打ちのめされ、ショックを受けながら答えた。もちろん、我が子は仕事より大事だった。「赤ちゃんは生まれるまで私の中で育てる。それとほかのこととは話が別だわ。結婚式も――」

「君も同意しただろう」ジェイスが冷たく口を挟んだ。

「妊娠した私は働き方を考えないといけない。避けなければならないリスクがあるから――」

「それについてはアドバイスをもらえばいい。それでもまだ問題がありそうなら、センターで働く新たな獣医の費用を僕が負担しよう――」

「お願いだから、なんでもお金で解決しないで！」

「君が幸せなら、どんなことでも金を出すよ」ジェイスが平然と言った。「君の将来の夫になるなら、贅沢《ぜいたく》でも愚かでもなく、僕の義務だからね」

その〝義務〟という言葉が、ジジにはガラスを突き破る煉瓦《れんが》に思えた。「ジェイス、もう出ていって。頭の中を整理したいから一人にして。ごめんなさい、今はどうしても喧嘩《けんか》腰になってしまうの」

「なにが気に入らないんだ？」ジェイスが厳しい口調で問いつめた。同じように感情的になったら主導権を握れなくなり、ジジを落ち着かせられないと考えているのだろうか。

「あなたはなんについても正直にも誠実にも言ってくれない！」恐ろしい確信がどんどん強くなり、ジジは彼に言い返した。「あなたの言葉は私が聞きたいと思うことばかりな気がするの。そんなの、私たちのどちらにもフェアじゃない。私はいいように操られるなんていや。ほかの女性みたいに、なにを言われたって平気だわ」

「僕は君を操ろうとはしていない。落ち着かせようとしているんだ。今、ひどく動揺するのはよくないと思う」ジェイスが淡々と、よどみなく説明した。彼の子供を身ごもっている私が楽に妊娠期間を過ごせるよう、なんでもするつもりでいるのかもしれない。たしかにジェイスまで感情的になったら、私も冷静ではいられなくなる。二人のどちらにとっても得策ではないだろう。

「私が妊娠しているからそう言うのね」ジジはジェイスをたたきたいと思うと同時にベッドに行きたいと思った。でも、そこは彼がいる場所じゃない。今は感情的になっている妊婦をなだめ、どうにか落ち着かせるのに必死だから。「あなたは妊娠を深刻に受けとめすぎているのよ。あなたが言ったように、この世の終わりというわけじゃないのに」

「この世の終わりという顔をしているのは君じゃないか。なぜ僕の態度に不満があるんだ？」ジェイスがあくまで論理的に尋ねた。

「不満があるわけじゃない！」ジジは気力を振り絞って反論した。「あなたは私に本当の気持ちを教えてくれない。それが耐えられないの。二人の間に壁があるみたいで」

ドアまで行ったジェイスが緑色の炎のようなまなざしをジジに向けた。「なにを言えばいいのかわからない。僕は女性に素直な愛情表現をするたちじゃないんだ。男だからかもしれないし、感情を抑えつける癖がついているからかも――」

「ひょっとしたら、臆病者だから正直になるのが怖いのかもね」ジジは口を挟んだ。ジェイスになにを求めているのか、自分でもよくわからなかった。わかっているのは、不安と恐怖に打ちのめされた心を彼に癒やしてほしいということだけだった。

廊下に出たジェイスが振り向いた。「もう少し大人になって、この状況をどうにかできないのか？」

ジジは凍りついたものの、足に力をこめて背筋を伸ばした。「私にできると、あなたは思っていないみたいね」彼女は言い返した。

「君は僕に正直さを求めるが、僕から見れば君のほうこそ正直とは思えない」ジェイスは怒りをこらえてジジを見つめ、自分を夢中にさせた女性になにが起こっているのだろうと思った。僕が悪いのか？

彼女に言われるがままになったほうがよかったの

か？　残念ながら、ディアマンディス家の当主としてそんなまねはできない。彼は今まで誰に対しても覚えたことのない怒りを覚えていたが、ジジが誤解しそうな言葉は口にできなかった。結婚式をあげて披露宴が終わり、二人きりになれば、彼女も冷静に妊娠について話すことができるだろう。ジジをまねて感情を爆発させるのは、僕がとっていい行動ではない。彼女が僕に求めているのは分別と理性と、妊婦にとってよりよい環境のはずだ。

「それがあなたの意見なのね」ジジは弱さを見せまいと肩をすくめた。母親からは、男性は困難に直面すると逃げ出すものだと何度も忠告されていた。だから自立して、自分以外の誰も信用するなと。幼いころから彼女はそうして生きてきた。

「大人になるんだ、僕のいとしい人《グリキア・ムー》」ジェイスの声は氷のようだった。「最優先するのは子供で、僕たちはそのために妥協することを学ばなければ。それがいちばん大事なんだ」

言いおえるとジェイスは足早に去っていき、ジジは一人寝室に残された。産科医が吐き気の有無を尋ねたときはないと答えたのに、おかしなことに急に気分が悪くなっていた。ベッドに横たわった彼女は、ジェイスが戻ってきて体に腕をまわしてくれたらいいのにと願った。

そういうちょっとした仕草が緊迫した空気をどれほど変えられるのか、ジェイスはまるでわかっていないようだった。そのことについて彼に教えるのは私の役目なのかしら？　私だって母親に一度も抱きしめられた覚えがなく、ジェイスにしか愛情を示していないのに？　でももしかしたら言ったことよりも、言わなかったことのほうに彼の本音が表れていたのかもしれない。私がジェイスを抱きしめたいと思うのは彼に夢中だからだ。それならこんな苦境の中で、私をなんとも思っていないジェイスが抱きしめてくれるわけがない。

二人の結婚生活を想像して、ジジは涙をぬぐった。

〝僕たちの赤ん坊〟とジェイスが初めて言ったとき、それが彼の答えだとジジは悟った。ジェイスは子供のために私と結婚するのだ。ほかに理由はない。

眠れない夜が明けて起きると、ジジの携帯電話には仕事でニューヨークに行くというジェイスからのメールが届いていた。

その瞬間、ジジはジェイスと距離を置こうとみじめな気持ちで決意した。真実を言いたくないからといって、彼を責めることはできない。なぜなら私も聞きたいとは思っていないのだから。

9

エレクトラ・ディアマンディスがジジのウエディングドレスのエリザベス朝時代風の飾り襟を直してから、満足げに後ずさりをした。「きれいよ、ジジ。あなたにはいいドレスを選ぶセンスがあるのね」

顔を赤らめたジジは、本当は違うと思った。彼女はただ恋に落ちて、ドレスを何着も試着しただけだった。そして選んだのは、長袖にビーズの飾り襟がついたシンプルなストレートカットのドレスだった。身長を高く見せ体型を美しく見せてくれるそのドレスの身頃には、複雑な薔薇《ばら》がビーズで刺繍《ししゅう》されている。高価な生地はピュアシルクで、色は純白だ。妊娠中であっても孫の花嫁が着るべきドレスの色について、エレクトラは揺るぎない考えを持っていた。それはジジが当初考えていたアイボリーではなかった。

この二週間は驚きと衝撃とぎっしりとつめこまれた予定により、息をする暇もないほどだった。すべてはジェイスの家族と共有され、ジジの未来の花婿は世界の反対側でその狂乱から距離を置いていた。エヴァンデルとエレクトラはジジをブライダルサロンに連れていき、ウエディングドレスを選ばせた。結婚式はファロス島のディアマンディス家の大邸宅で執り行われる予定だった。

とても怠惰な亀のハンフリーは今、大邸宅の庭園にある専用の洞窟と池を満喫するという百万匹に一匹しかできないような生活をしていた。スノーウィーもエレクトラの私室で、ナッツを彼女の手からもらいながら同じくらいすばらしい生活を楽しんでいる。ジジがヨットに戻ると、ほかのペットたちも贅《ぜい》沢《たく》な時間を堪能していたらしかった。ティリーは寝室のバルコニーでのんびりと日光浴をしていた。モーとホッピーは部屋の片隅で一緒にまるくなっていたが、ジジをうれしそうに出迎え、それからは彼女とベッドを共有した。

ほかにベッドを共有する人はいなかった。ロンドンで最後に会って以来、ジジはジェイスを見ていなかった。彼が本当に緊急の用事があって帰れないでいるのかどうかはわからなかった。二人の関係を壊してしまったと思って、彼女は自分を責めていた。ジェイスが与えてくれる以上のものを私が求めたせいだ。悲しいけれど、私を愛していない男性には与えられないものを。ジェイスに愛されていない事実を受け入れるのよ、とジジは何度も自分に言い聞かせた。結婚するのは子供のため。だから、ジェイスの家族も愛情深く支えてくれているのだ。

ファロス島に到着して、ジジがジェイスの子を身ごもっていることを全員が知っているとわかったときはショックだった。驚くほど浅はかな彼はみんなに話していたのだ。しかし、エレクトラとエヴァンデルとマーカスはその知らせを心から喜んだ。ジェイスの両親は親としての務めを果たさなかったかもしれないが、六歳から彼を支えている家族は今もそばにいて、その花嫁となる女性をしっかりと応援してくれている。ジジは三人の温かな心と、疑いもせずに受け入れてくれた事実に深く感謝していた。

結婚式にはギリシアの家族を招待すると決めていた。招待しなければ父親は傷つき、怒るだろう。アキレウスと継母のカテリーナ、そして四人の異母兄たちは、海王号でファロス島へやってきた。当然だが、彼らはヨットにも豪華な大邸宅にも歓迎する花婿の家族にも目をみはるばかりだった。自分と継娘との関係がよくないのを自覚していたのか、カテリーナには結婚式でジジの着つけを手伝わないかという誘いを上手に断られた。けれど、ジジは結婚式へ招待してよかったと思っていた。継母の態度は、想像していたよりもずっとやさしく友好的で、これからはうまくやっていけるのではと期待した。

妊娠したせいで獣医としてのキャリアを中断せざるを得ないことについては、結局大きな問題ではなかったと気づいた。今ではジジも、ジェイスへの態度はあまりにわがままで一方的だったと心から悔いていた。産科医の話を聞いてパニックに陥った翌日、彼女は大学の恩師のもとを訪れた。すると、たしかに手袋の装着などの特別な注意は必要だが、小動物に限って診察を行うなら妊娠後期まで働けると励まされた。安全面とリスク面をきちんと考えていれば、問題はなさそうだった。

電話で申し訳なさそうにそのことを打ち明けても、ジェイスの〝よかったじゃないか〟という声には感情がこもっていなかった。〝ヨットを使えば、ローデス島の近くにいられるな〟

おまけにジェイスが多額の寄付をしてくれたおかげで、ジジは動物保護センターを運営する慈善団体の理事に招かれた。要するに数週間で、彼女の人生はロンドンにいたときには想像もできなかったほど改善していた。ジェイスへの強い思いさえなければ、人生は完璧だった。ほかの人たちはパートナーと感情的にならずに大人としての関係を築けているようだ。なのに、なぜ私には同じことができないのかしら？

どうして私は毎日、毎時間ジェイスを恋しく思っているの？ 電話で彼の声を聞くだけで体が震え、ベッドに横になってそばにいてくれたらいいのにと全身全霊で願ってしまう理由はなに？ ジェイスへの思いが過剰な気がして、ジジは心配でたまらなかった。ジェイスが現れるまでの二十三年間、この内なる激しさはどこに隠れていたのかしら？ 今の私はきちんと抑えつけておけないほどの強烈な気持ちに翻弄されている。それにこれから先も、ジェイスに対する独占欲や強迫観念と言ってもいいくらいの愛情と折り合っていく必要がありそうだ。

愛していない妻に対して、彼はどれほど誠実でいてくれるの？ ジェイスはまだ二十八歳で、五十八歳じゃない。欲望が弱まるとされる年齢にはほど遠い。

結婚式当日の朝早く、ジジは教会のバージンロードの端にいる父親の腕を小さな手で取った。

祭壇の前で花嫁を待っていたのは、ジェイスとその異母弟のドメニコだった。ジェイスは背が高く、よく日焼けしていて、驚くほどハンサムだった。最後に会った日から髪が伸びて、またカールしはじめている。こらえきれずに笑みを浮かべた花婿を見て、ジジは不安が吹き飛ぶのがわかった。そういうジェイスには見覚えがあったからだ。彼女が大好きな男性がふたたび姿を現していた。オルガンの高らかな音色に後押しされたように、ジェイスはまばゆい宝石そっくりな瞳を花嫁にまっすぐ向けていた。

キャンドルの炎に照らされた礼拝堂で髪と耳に輝くダイヤモンドをつけ、ドレスを身にまとっているジジを見て、ジェイスは息をのんだ。この二週間は人生でもっとも長かったが、突然すべてに価値があったと思った。言い争いにも、行き違いにも、舌を噛《か》む思いで発揮していた自制心にも。すべては二人の目の前に広がる未来をよりよいものにするためにあったのだ。花嫁を目にして、ジェイスは間違いないと確信していた。僕たちにはまだ解決しなければならない問題が山積みかもしれないが、僕はジジを妻にしたい。この世の誰よりもそう強く願っている。

花婿に燃えるような称賛のまなざしを向けられて、ジジはぼうっとしていた。ジェイスを意識してほっそりした体じゅうに震えが走る。彼にしかきたてられない情熱が激しく煮えたぎっていた。一瞬で心配事はきれいに消え去り、彼女は礼拝堂につめかけた人々を忘れ、自分とジェイスだけがここにいる気がした。

「きれいだよ」司祭が口を開く前に、ジェイスがささやいた。

温かな息が素肌にかすかにかかって胸が高鳴り、脈が速まり、ジジはどうにか息を吸った。胸の先がうずいてドレスの身頃を押しあげ、下腹部が締めつけられるのを感じる。恥ずかしさに襲われつつも、彼女は式に集中しようとした。

数分後、ジジはかすかなとまどいとともに、ジェイスが指にはめてくれた結婚指輪に視線をやった。結婚したのがまだ信じられなかった。けれどジェイスに手伝ってもらいながら彼の指に結婚指輪をつけるころには、これは現実なのだという実感がわいてきた。よくも悪くも、書類上では二人は夫婦だった。

花で飾られたクラシックカーに乗りこむと、ジェイスがジジに腕をまわしてささやいた。「君とロンドンで別れてから百年はたった気分だ」

ジジは冗談を言おうかと思った。気持ちを正直に話さなかったら臆病者呼ばわりした女から逃げられて本当によかったわね、と。しかし不思議なことに、二人の間にあった出来事に対して、今はまったく別の見方をしていた。手に入れられないもののために、なぜ手に入れられるものをだいなしにしないといけないの？　ジェイスに私を愛していないと、私との結婚を本当は望んでいないと認めさせても、緊張と対立が生まれるだけだ。そんなことをしてもしかたない。

たしかに、愛しているのに愛されないのは最悪だ。とはいえ、そういう状況に陥った女性は私が初めてではないし、間違いなく最後でもない。だったら過去を忘れて、未来に目を向けよう。失ったものより手に入れたものを大切にするほうが間違いなく賢明だから。

「あなたに会いたかったわ」ジジは寂しさのこもる声で言った。「でも、ご家族にはよくしてもらったの」

「君の家族はどうだったんだ？　披露宴で彼らを紹介してほしい」ジェイスが促した。「お父さんにはもう手紙を返したのか？」

「いいえ、まだよ」ジジは顔をしかめた。「そのことは父と二人になれたときに話そうと思ってるんだけど、チャンスがなくて。父と喧嘩《けんか》をするつもりはないの。なにも悪いことはしていないんだもの」

「お母さんとの関係についての真実を隠している点を除けばね」ジェイスが冷静に言った。

「それは母が先にしたことだわ。頃合いを見て父と話をして、手紙は返す」ジジはきっぱりと言った。

「でも、今日はやめておくわね」

ディアマンディス家の大邸宅の前で花嫁を車から降ろしながら、ジェイスが口を開いた。「ハネムーンはオマーンに行こう。エヴァンデルとマーカスがマスカットにある別荘を貸してくれたんだ。そこからあちこちに行きたいと思っている」

「ハネムーンなんて期待してなかったわ。休暇の延長も頼んでいないし」ジジは目を見開き、うろたえた。

「僕が延長を申請しておいた。二週間前に君の上司と話して、君が戻るまでセンターでは後任の人に働いてもらってほしいと頼んだよ。君にはもっと休暇が必要だ、ジジ。仕事に穴はあいていない。君は鳥のように自由だ」

二人はあわただしく働くケータリング業者の間を抜けて邸内を歩いていき、日陰のテラスで冷たい飲み物を受け取った。ジジは席を立ち、到着した招待客たちに挨拶しようとしたけれど、ジェイスが彼女の膝に手を置いた。

「僕の家族に任せておけばいい。五分間だけ、二人きりで楽しもう」ジジの膝の上には宝石箱が現れていた。「結婚の贈り物だよ」

「あなたは必要以上にいろいろ私にくれたじゃないの」ジジは頬を紅潮させて抗議した。頭の中には、二階の衣装室にぎっしりと並ぶ季節に合わせた服の数々が思い浮かんでいた。「今だってお祖母《ばあ》さんのティアラや、お母さんのダイヤのイヤリングをつけてて――」

「それは家族が代々受け継いでいく宝石だ。だが、これは僕から君への個人的な贈り物だよ」ジェイスが言った。

箱を開け、彼女は中からきらめくペンダントを取り出した。ダイヤモンドがちりばめられたアイリッシュ・ウルフハウンドが、金色の瞳でこちらを見ている。

ようか？」

披露宴会場ではおおぜいの招待客が二人を待っていた。ジェイスはジジを巨大な舞踏室の上座のテーブルへ案内すると、片方の手を彼女の腰にまわして引きよせた。そして顔を近づけ、花嫁の唇をゆっくりと徹底的にむさぼってからうわずった声でささやいた。

「二人きりになるのが待ちきれないな……」

ジジの体がかっと熱くなった。ドレス越しでもジェイスがはっきりと興奮しているのがわかったからだ。頬を染め、椅子に腰を下ろしたときには脈打つ欲望が全身に広がっていた。

披露宴では一流のプロによる余興が用意されていた。食事が終わるとジェイスはジジを連れてすべての招待客たちと話をした。特に、彼女の父親と異母兄たちとは長めに過ごした。ジェイスは、父親が亡くなる直前まで無視していた自分の親族たちと挨拶

いた。

「モーがいなかったら、僕たちは出会っていなかったからね」印象的な緑色の瞳を驚いて口もきけないジジに向けながら、ジェイスがペンダントを手にし、彼女に頭を低くするよう促した。

「私たちの出会いはロマンティックとは言えなかったわ」そうつぶやきつつも、ジジはジェイスの行動に深い感銘を受けていた。彼はこういう感傷的なプレゼントをする男性じゃないのに。いいえ……私がただ見落としていただけ？

「だが、君は僕を好きになってくれた」ジェイスが見とれずにはいられない笑みを浮かべた。

「あなたなら誰だって好きになるわよ」ジジはつぶやき、指先でペンダントトップを撫《な》でた。「本当にすてき」

「僕の美しい花嫁にぴったりだ」ジェイスが立ちあがり、腕を差し出した。「そろそろみんなに合流し

するのが苦痛なようだった。そこでジジはできる限り彼の代わりを務め、実際よりも明るく、楽しく、外向的にふるまった。けれどその一方で、夫を守りたいと思っている自分が恥ずかしくもあった。ジェイスは私より年上で、洗練されていて、何百万倍もお金持ちなのに。それでも気持ちは変わらなかった。彼のためならいくらでも自分を犠牲にできた。

ジェイスは、いとこの女性たちがダンスフロアでジジを囲んでいるのに気づいた。目に悪意をきらめかせてセラフィーナがジジに近づいていく。彼は花嫁を連れ戻そうと、ひしめき合う人々の間をぬうように進んでいった。自分の過去の過ちでジジが苦しめられるのを黙って見過ごすわけにはいかなかった。

「セラフィーナには近づくな」ジェイスはジジをいとこたちから遠ざけながらやさしく警告した。

「わかってるわ」ジジが残念そうにうなずいた。

「いい人じゃないわよね。あなた、彼女になにをしたの?」

「あとで教えるよ。だが僕の妻を標的にするような愚かなまねをするなら、彼女には島に来てほしくない」

〝妻〟という言葉に、ジジの目が輝いた。「自分の面倒は自分で見られるわ、ジェイス」

「だが、もうそうする必要はない」彼は顎に力をこめて言った。「僕たちの家にいる間はね」

「あら、急に包容力のある人になったのね」ジジは複数の家を所有しているという自分の状況に苦笑した。「あなたはいくつ家を持っているの?」

「実際に使っているのは六軒で、ほとんどはロンドンのアパートメントのように相続したものだ。父はホテルが嫌いだったんでね」

ジジはジェイスの髪に指を通し、彼の頭を自分の唇に引きよせようとした。

「だめだ」ジェイスが言った。「それ以上触れたら、公衆の面前で大変なことをしてしまう」

ジジは顔を赤らめてジェイスから離れた。エレクトラをさがすと、夫の祖母は親しい友人たちと一緒に舞踏室の静かな一角に座っていた。エヴァンデルがジジのところへやってきて、彼女の両頰に熱烈なキスをし、両手を握ってほほえんだ。「ジェイスを幸せにしてくれてありがとう」

「とんでもない。私のほうこそ、温かく迎え入れてくれたあなた方に感謝しているんです」

エレクトラとほんの少し言葉を交わしたとき、ジェイスが現れて、飛行機に乗るから着替えるようジジを促した。

彼女は驚いた。「これから出発するの？」

「新婚初夜はオマーンで過ごすんだよ」

ジェイスは未舗装の長い私道の先でジジをＳＵＶ車から降ろした。超現代的なヴィラには明かりが灯《とも》っていた。彼は妻を洗練された玄関ホールから、さらに優美でしゃれた居間へ運んだ。シャンパンを入れたアイスバケットとゴブレットが二つ用意されていたが、ジェイスはキッチンの冷蔵庫からジジのためにオレンジジュースを取ってきた。

「ここに来たことがあるのね」彼女がさわやかな飲み物に口をつけて言った。

「十代のころに何度かね。当時はまだ冒険が好きだった。エヴァンデルとマーカスがゴルフをしている間、探検していたんだよ」ジジがグラスを置くと、彼女を腕に抱きしめる。「今は君を探検したい」

「セラフィーナの話を聞こうと思ったのに」

ジェイスは大きなうなり声をあげ、ジジをかかえて階段を上がると、涼しげで広々とした寝室へ入った。部屋は温かなクリーム色で統一され、華やかなオレンジ色とターコイズ色がアクセントになっている。「未熟がゆえの話だ。十八歳の僕は酔っぱらって、当時二十二歳だった彼女と一夜をともにした。翌日、彼女の父親がエヴァンデルとマーカスを訪ねてきたよ。彼は僕が娘を利用したと非難し、結婚を要求してきた——」

「なんですって?」ジジが驚いて叫んだ。「あなたは十代で、彼女は年上だったのに!」

「セラフィーナとは完全に気楽な関係だったんだが、一線を越えたのは間違いだった。そうなるよう仕組まれていたんだ。僕は彼女の評判を守るために結婚を承諾したが、いとこはバージンではなかった」

「まあ……彼女はあなたの初めての女性だと言ってたけど」

「違う。初体験は十五歳だった」ジェイスが言った。

「恋人と呼べるのは君一人だ」

「そして子供をつくったのも私だけだった」ジジが靴を脱いでため息をついた。

「いや、二人でつくったんだ」ジェイスが反論し、ベッドに横たわっていたジジの横に膝をついて彼女を抱きよせた。「子供は一人じゃできない」

ジェイスの温かな唇が下りてきて、飢えたキスでジジの神経の末端まで刺激した。手は彼女のタンクトップをはぎ取ってリネンのクロップドパンツもすばやく脱がせ、下着も同じ速さでどこかへやった。解放感とともにジジはジェイスのシャツを取り去り、筋肉質な体にうやうやしく手をすべらせた。すると、彼がベッドから飛びおりてチノパンとボクサーパンツを脱いだ。

ブロンズ色の男らしい体をはっきりと興奮させて戻ってきたジェイスが、息もできないほど激しくジジにキスをした。そして、指で彼女のうずいている敏感な胸の先を両方とももてあそんだ。「この二週間は長すぎた——」

「私のせいじゃないわ」ジジは指摘して、ベルベットのようになめらかな興奮の証《あかし》を細い指でなぞった。

「冷静になるにはいちばんの方法だと思ったんだ」ジェイスが奥歯を噛みしめた。赤ん坊ができたと聞いてショックだった、と認めなかった自分が間違っていたとわかっているようだった。けれど、両親に拒絶された過去があっても彼は自身の子供を拒絶しなかった。

「あれはひどい態度だったわ」ジジは唇でジェイスの下腹部に触れた。シルクのような褐色がかったブロンドの髪が彼の腿を撫でる。

「僕はあれがいちばん賢明だと――」

「いつになったら自分が愚かだったと認めるつもりなの？」ジジは言った。彼が妻に向かって腰を持ちあげ、声にならないうめき声をあげた。

「こんな拷問には耐えられない、今は無理だ」ジェイスがうなって突然ジジを抱きよせ、彼女の広げた腿の間に身を置いた。ジジが両脚を夫の腰にまわして歓迎すると、ジェイスが彼女の腰をかかえて身を沈めた。期待した喜びが訪れて、ジジは激しく体を震わせた。

「すばらしい……」ジェイスが感謝のこもった声とともにジジの中に突き進み、快感が波となって彼女を揺さぶった。心拍数が急上昇するのを感じながら、動きはじめた彼に合わせて頭を後ろに倒す。興奮が頂点に達したジジは、汗が光るジェイスの体にしっかりと腕をまわした。

彼が速度を上げるにつれ、目のくらむ快感が何度もジジに襲いかかり、荒々しい飢えが果てしなくこみあげた。猛々《たけだけ》しいジェイスに促されるまま最後の力を振り絞り、叫び声をあげながらのぼりつめる。

「最高だ」ジェイスがジジを抱きしめ、荒い呼吸を繰り返しつつ至福の余韻にひたった。「言っておくが、僕は愚かな判断をしたわけでは――」

「朝がきたら話しましょう」彼女は対決を避けたく

てそうささやき、夫の肩に熱い顔をうずめて疲れきったため息をついた。

「眠る前にシャワーを一緒に浴びないか——」

「あなたはシャワーを浴びると興奮する人だから……夜明けに起こして」ジジはつぶやいた。なぜか安心感と幸福感を覚えていた。

朝、一人で目覚めたジジは髪を洗い、窓から差しこむ強い日差しを見て青と白のサンドレスを選んで着た。裸足《はだし》になってから前夜、月の光に照らされていたテラスに出る。そこではジェイスがすでに待っていて、妻のために色とりどりの朝食が用意されていた。

「まあ」インド洋の壮大な景色に、彼女は息をのんだ。白い砂浜は長く伸び、ターコイズブルーの海には太陽の光がきらめいていた。

「だから、あの二人はここを買ったんだ。それにエヴァンデルはゴルフが、マーカスは日光浴が趣味だしね。だが、僕はただ君と一緒に過ごしたかった」ジェイスが低い声で言い、座り心地のよさそうな布張りの椅子に腰を下ろしたジジの手を握った。

「でも、使用人がいるでしょう？」

「マリアムは僕たちが要求しなければ、食事のときにしかいない」

「ボディガードは？」

「彼らは離れにいる。さあ、食べてくれ。そのあと出かけよう」

ジジはハーブティーを注《つ》いでひと口飲み、そのさわやかな味を楽しんだ。少量の食べ物を何回かに分けて食べれば吐き気に襲われないことに感謝する。

「私たち、話し合いをするの？」彼女は硬い口調で尋ねた。

「いや、僕たちはまず結婚生活に慣れなければ。君も肩の力を抜いて、僕に頼ってほしいな。結婚式までの大変な二週間を乗りきって疲れているはずだから、少しくらい僕に気づかわせてくれないか？」ジェイスがのんびりと言い、親指で妻の手首の敏感な内側を撫でた。

ジジは深呼吸をした。男性に頼った覚えはこれまでなかったし、今後もそうするつもりはなかった。それより隠れた問題を表に出して、解決したかった。自分と結婚したこと、父親になることについてジェイスがどう思っているのかを正確に知りたかった。けれどジェイスは、私が自分の意見を口にする前に先手を打った。彼の望みははっきりしている。話し合いも、感情や考えの率直な交換も、二人の結婚生活がどうなるのかについての議論も、いっさいする意思はないのだ。

ジジは奥歯を噛みしめてジェイスを見つめた。白いリネンのシャツを着てエメラルド色の瞳を輝かせ、漆黒の髪に陽光を浴びた夫の、日焼けした端整な顔立ちは息をのむほど美しい。加えて完璧なスタイルや、瞳にしばしば浮かぶ愉快そうなからかいの色、強大なカリスマ性を考えると、とても逆らえるとは思えなかった。

ジェイスからは結婚生活に慣れなければと言われたものの、ジジはどうすればいいのかわからなかった。すでに愛している彼を、これ以上どうやって信じればいいのかもわからなかった。けれどジェイスを盲目的に信じていたら、彼は私が自分のものになったと勘違いし、無自覚に傷つけるだろう。大富豪らしく洗練された機知と、すばらしいベッドでの時間によって。

「話したいことがあるんだけど……二人きりで」一カ月後、ジジはアキレウスに告げた。

「ヨットでかい？」父親がきいた。「それよりもレストランで話をしないか？」

「ヨットのほうが人目につかなくていいわ。明日の

「十一時ごろはどうかしら？　私、休みなの」携帯電話を白衣のポケットに戻したジジは、父親のために下した決断を思ってため息をついた。手紙を返すときがきた。私の行動で父親との間にある壁が崩れ、なんでも話せる仲になれるといいんだけれど。

仕事に復帰して二週目が終わろうとしていた。オマーンではすばらしい経験ができた。一度見たら忘れられないジェベル・アクダル山脈を旅し、壮大な渓谷の端で険しい山々を眺めながら食事をしたあとは、古代の墓や砦《とりで》を見学し、打ち捨てられた寂れた町を散策した。喜ぶジジから世界を旅した経験がないと聞いたジェイスは、ダマスクローズが咲き乱れ、息をするたびその香りをかげるという春にもう一度戻ってこようと約束した。彼女は笑って、〝もうすぐ子供が生まれるのだから旅行なんてできないでしょう〟とたしなめたのだった。

ビーチを眺めながらテラスで二人きりの夕食をとって、のんびりと過ごした日もあった。城壁に囲まれたマスカットの旧市街を探索し、市場《スーク》で香辛料の味見をし、低くて白い建物のポルトガル風の装飾が施されたバルコニーに感嘆したりした。ジジは人生で初めて完全にリラックスし、ジェイスにすべてを任せていた。そしてすべてを計画し手配することにかけて、夫は申し分ない能力を発揮した。

ある夜はワヒバ砂漠でキャンプファイヤーをしながら夕食をとった。ジジは星空の下で眠ろうと考えたけれど、体が痛くてジェイスがこの日のために用意した最高級キャンピングカーに逃げこんだ。夫には笑われたものの、翌日の朝食や見事な夕日は堪能した。しかしラクダに乗ったり、SUV車で砂丘を走ったりするのは妊娠中には危険すぎると禁止された。ジェイスの絶え間ない注意に、ジジは一度か二度腹をたてた。新婚旅行中、彼は妻を壊れやすい磁器のように大切にし、決して無理をさせなかった。

幸い、寝室での態度はそうではなかったが。ジジは二人の間の問題について考えるのも恐ろしくて、素知らぬふりをしているジェイスをどうすればいいかわからなかった。

寝室での夫の情熱的なふるまいを思い出して、ジジはうっとりしたほほえみを浮かべ、頬を紅潮させながら書類仕事を片づけた。イオアンナがなにもかも見透かしたような視線を投げかけた。

「なんなの？」ジジは動物看護師に尋ねた。

「あなたは夫を愛してるのね……と思って感動したの」彼女が謝罪のこもった笑みを向けた。「よく毎日、彼のもとを離れる気になるわね」

「だって、彼も働いているもの」ジジは顔をしかめた。

もしジジが夫の仕事のじゃまをしたら、ジェイスは無尽蔵の体力で彼女をベッドにとどめつづけたに違いない。二十四時間、彼には忙しくしていてもらうのがいちばんだった。私も同じことができたらいいのに、とジジは残念だった。妊娠しているため、これからは時短勤務しかできない。

ロードス島で見つけた産科医は地に足のついた良識のある女性で、先週、ジジの血圧が危険な数値にあると警告した。子供と自身のリスクを軽減するため、彼女は仕事とストレスを減らして休息を取り、毎日ウォーキングと水泳をして血圧を安全な数値まで下げる必要があった。今や妊娠はジジの人生を支配していた。

ある日の午前中、ジェイスが妻の診察につき添った。超音波検査を受けたジジは子供の性別を知らされた。赤ん坊は女の子だと聞いてうれしかったものの、不安も覚えた。彼は純粋に喜んでいるようだった。

「この子を育てるのは大変だろうな」ジェイスが考えつつ言った。「ディアマンディス家の女性当主は数世代ぶりだから」

血圧が下がるまでジジが時短勤務しかできないと言われても、ジェイスはひと言も意見を口にしなかった。もし血圧が下がらなければ、私はさらに生活を変えなければならない。彼女は唇を引き結んだ。

モーターボートからヨットに足を踏み入れるなり、ジジは二匹の犬に出迎えられた。二匹は毎日、彼女の帰りを待っていてくれた。ジジが階段をのぼっていると、ジェイスが乗っていたエレベーターから降りてきた。「エレベーターに乗るんだ」やさしく指摘する。「体に負担をかけないようにしないと。四段の階段でものぼるのは楽じゃない」

ジジはリードを引っぱられた犬になった気分で階段を下り、エレベーターで待っていたジェイスのところへ行った。いつものように夫は非の打ちどころがなく、黒い巻き毛はそよ風に揺れ、引きしまったブロンズ色の顔の中では魅力的な緑色の瞳が輝いている。けれどジジはというと、朝は上品にアップにしてあった髪が崩れて頬まで垂れさがり、化粧も落ちて、ジーンズには熱狂したホッパーのせいで泥をつけられていた。

「なにか飲もう」ジェイスがジジをいちばん大きなサロンへ案内した。彼女は脚のない人形みたいに肘掛け椅子にどさりと腰を下ろした。「疲れているんだな」

「それって文句なのかしら」自分でも声に鋭い棘《とげ》がまじっているのがいやだった。

「見たとおりを言っただけだ」彼が冷たいジュースのグラスをジジに握らせ、光沢紙のパンフレットを彼女の横のテーブルに置いた。

「これはなに？」

「ロードス島の売り家だ。候補はもう一軒あるが、まだ正式には売りに出されていない。僕たちにはヨット以外の拠点が必要だ」

ジジは無言で売りに出されているという複数の壮麗な高級住宅に目を通した。「別にヨットでもとても快適に過ごせている――」

「海王号では長期的な解決策にならない。僕たちにとっても、動物にとってもだ。それに君もお父さんやお兄さんたち、センターの近くにいたくないか？　週末を過ごすくらいはいいが、ファロスに住むのは無理だ。通勤するには遠すぎる」

ジジは深く息を吸ってぼそりと言った。「わざわざ家を買って家具をそろえ、永住する意味があるかしら？」声が辛辣になる。「私たちの結婚生活はいつまで続くの？」

言ったとたん後悔し、背筋が凍った。ジェイスが動きをとめ、明らかに驚いた顔で彼女を見た。「予言者じゃない僕にはわからない――」

「あなたにはわかるんじゃない？」ジェイスは、妻と子供に対する気持ちを私に教えることを拒否した。結婚前からその点は引っかかっていたから、そろそろ答えてもらいたい。

大きく息を吐いたジェイスの無駄な肉のない顔は血の気を失ってこわばっていた。「子供が生まれるまでは一緒にいてほしいと思っていた……」

ジジはさっと立ちあがった。胸にナイフを突きたてられたような感覚に襲われているのに、立っていられるのが不思議だった。「わかったわ。それなら家をさがす必要はないでしょう」

「たとえ別れるとしても、ジジ、君と僕たちの子供には島で暮らすちゃんとした家がいる」ジェイスがきっぱりと言った。

この人は離婚という現実的な可能性をとっくに計算していたのだ、という思いにジジは押しつぶされそうだった。それでもジェイスのほうは見ずに部屋を出た。考えてみれば当然の展開だ。どうして私は彼の意図にずっと気づかなかったの？　結婚して子供を嫡出子とし、生まれるのを見届けたらすぐに別れる気でいたことに。急にすべてがとても理にかなったものに思えた。

最初からこれがジェイスの計画だったのだ。だからこそ彼は結婚によって自由を犠牲にするのをいとわなかったし、出会った日から誰よりも愉快でなごやかだった。すべてはそう遠くない未来にもう一度自由になれるとわかっていたからできたことだった。妊娠期間中だけと知っていれば、誰でも最善を尽くそうと努力できる。それなら結婚を迫ってから今まで、私に自分の計画を言いたくなかったのも当然だ。ひょっとしたら、家族にも知られたくなかったのかもしれない。

一人取り残されたジェイスは、記録的な速さでウイスキーを二杯飲みほした。僕は冷静沈着でいるために殻に閉じこもっていた。そうしているうち、妻は夫が自分のほうを向いておらず、正直でないのに気づいた。あたりまえの話だ。だがジジを失うのが恐ろしかったなどと、どうしても認められなかった。結婚した日から、目を離したら即座にどこかへ行ってしまいそうに見えたなどとは。

新居を購入しようと持ちかけたのはまずかった。ジジがまだ時短勤務を受け入れようとあがいているのはわかっていただろう？　しかし、そういう働き方は数カ月間のことにすぎない。今は落ち着いてできるだけのんびりしているべきときだと、どうやって彼女を説得すればよかったのだろう？　僕にも奇跡は起こせない。ジジは感情的な一面を平静を装うことで隠し、悩みを打ち明けたり、僕を信用して頼ったりはしてくれない。それではこれまでと同じではないか？

10

アキレウス・ゲオルギウがコーヒーを飲みながら娘を観察し、顔をしかめた。ジジの目が充血し、愛くるしい顔が青ざめてこわばっていることから、昨日の夜は眠れなかったのがわかったのだろう。「なにがあった？」

「なんでもないわ」ジジはひどく狼狽《ろうばい》し答えた。ジェイスを、赤ん坊を、モーを、幸せを失いそうなのが恐ろしくて昨夜はほとんど眠れなかったにもかかわらず、血圧の高さを心配していた。かつては健康なのがあたりまえだと思っていたのに。

彼女が隣の部屋で犬や猫と一緒に眠ったため、独り寝だったはずのジェイスはなにもなかったかのような顔で翌日の朝食の席に現れた。しかもその日ジジが父親と会うと知ると、仕事が休みならあとでどこかでランチをとらないかとすら提案した。まるで彼女が今の気分で外食を楽しめるかのように！

「あの、会ってほしかった用件はこれなの」ジジはそう言ってから、バッグから手紙の束を取り出して父親に差し出した。「ママの屋根裏部屋を片づけていたときに見つけたのよ」

アキレウスが顔をこわばらせながら六年にわたって出された未開封の手紙の封を切り、眉をひそめて便箋に目を通した。「ナディーンは読みもしなかったのか？」声には驚きと当惑がにじんでいた。

「どうやらそうみたい……。私、答えてほしい疑問があるのよ。あなたからの手紙を読もうともしないくらいのなにが、二人の間にあったの？」

「自分を捨てたら絶対に許さない、とナディーンには言われた。その約束を彼女は守ったんだな」アキレウスが重々しい声で認めた。「カテリーナと私は学校を出てすぐ結婚した。私が最初の会社を立ちあげている間に、男の子が四人次々と生まれた。だが私たちが顔を合わす機会はろくになく、十年後、カテリーナが別居をしたいと言ってきて私は打ちのめされたよ。最初は本気だとは思わなかった。だから私は母の家に移り住んで妻に考える時間を与えたが、なにも変わらなかった。彼女は仕事に復帰し、私なしで生きていくほうがいいと思った」

ジジは恥じ入り、顔を赤らめた。というのも母親とアキレウスが出会ったとき、父親は妻と別居中だったという母親の言葉をずっと疑っていたけれど、本当だったとわかったからだ。さらにまだ若いうちから、父親の結婚が破綻していたと知って愕然《がくぜん》としていた。

「カテリーナと私が何カ月も離れて暮らしていた間に出会ったのが、ナディーンだったんだ。君のお母さんと私は恋に落ち、ともに人生を歩むつもりだった――」

「どれくらいの間、二人はつき合ってたの？」ジジは口を挟んだ。「私、あなたと母は数日一緒にいただけだと思ってた」

「違う。最初に会ってからナディーンが妊娠に気づくまで、ロンドンとアテネで何度か会っていた。つき合っていたのは半年ほどだ。私は離婚してロンドンに移り、そこで新しいビジネスを立ちあげるつもりでいたが、夢物語にすぎなかったとわかったんだよ」当時を思い出して恥じ入ったのか、アキレウスがたじろいだ。「それでも、ナディーンから妊娠したと聞いたときは感激した。子供は好きだったからね。だが不運にも現実的な問題と不幸が重なったせいで、君のお母さんとの関係はだめになってしまったんだ」

「なにがあったの？」

父親の顔に影が差した。「まず私は計算してみたんだ。カテリーナと子供たちを養い、ロンドンで新しい生活を始めるには金が足りなかった。君のお母さんが全額負担すると言ってくれたが、私は拒否した。すると口論になって――」

「ママに意見を押しつけられたのね」

「彼女はなんに対しても妥協することがなかった。アテネで収入のいい仕事を紹介されても、転職を考えようともしなかったよ」アキレウスが陰鬱な口調で打ち明けた。「それからはなにもかもがいっきにうまくいかなくなった。カテリーナが乳癌《にゅうがん》になったが、彼女は私に言わず、私は母から病気のことを聞いた。化学療法を受けているカテリーナ一人に子供たちの世話をさせるわけにはいかなかった。遠いロンドンでの仕事もうまくいかなくなって、私はしかたなくギリシアへ帰ったんだ。当然、君のお母さんは激怒し、裏切られたと考えた。私はナディーンと結婚するつもりだったのに、別居中の妻を支えるために彼女を置き去りにしたんだから――」

ジジは顔をしかめた。「でも、あなたには子供たちを養育する責任があったでしょう？」

「それは君に対しても同じだ。とはいえ、その段階では君はまだ生まれていなかった。ナディーンは、もし私がロードス島に戻ったら生まれてくる娘には決して会わせないと言い放った。その後お母さんは私からの手紙を無視し、養育費を送っても送り返してきた。だが私からの手紙を読んでもいなかったなんて、今でも信じられないよ」

「こういう結末になってしまって残念だわ。私と会おうとしてくれていたのに、ママが許さなかったのが悲しい」

「頻繁にではなくても、父親として知ってもらえるくらいには訪ねていけたかもしれないのに！」アキレウスが悲しげに言った。

ジジは身を乗り出し、プライドを捨てて話してくれた父親の手を握って同情を示した。「あなたがかかわりを持とうとしてくれたことは、私にとってとても大切な意味があるわ。私がロードス島に来たとき、どうして全部話してくれなかったの？」

「どうしようか迷ったが、私がナディーンを失望させたという事実は変わらない。彼女には辛辣な態度をとる権利があった」アキレウスは罪悪感のにじむ口調で言った。

「あなたは、すでに生まれていた子供たちを大切にして育てなければならなかった。ママは私をないがしろにしなかったわ。愛情深い母親ではなかったけど、役目は果たしてくれた」ジジは言った。

涙が浮かんだ目を見られまいとアキレウスがあわてて顔をそむけ、部屋をぎこちなく歩きまわった。

「ナディーンがチャンスを与えてくれていたら、私は君を心から愛していたよ」

「信じるわ」ジジは本心からそう思った。「あなたとカテリーナはよりを戻す道を見つけたのね？」

「そうだ。カテリーナの病気がきっかけで私たちは成長し、関係を修復した。君が島に来たとき、彼女が君を受け入れられなかったのは、私と夫婦を続けている自分は憎まれているはずと思って不安になっていたせいだったんだよ」

ジジは無理をしてほほえんだ。「不安になる必要はなかったのに。母の過去と私は関係ないから」

しかし父親が帰っていったとき、ジジは自分の最後の言葉に疑問を抱いていた。母親の過去と考え方は長らくジジの人生に影響を及ぼしてきた。男性に対は恨みと不信感を抱いていた母親のせいで、異性に対して期待したり信じたり頼ったりするのが恐ろしかった。しかも無意識のうちに、ジジは母親からの影響をジェイスとの関係にも持ちこんでいた。ジェイスが話す前から偏見を持ち、勝手に決めつけ、つねに彼という人間をいいほうには考えず、つねに最悪の事態を想定した。ランチをとりに夫と出かけている間も、ジジは考えこんでいた。

「どこに行くの？」彼女は尋ねた。

「サプライズだ。楽しみにしていてくれ」

「私がサプライズを楽しめるように見える？」ジジは硬い口調できいた。

「いや。だが気分を明るくする必要はあるし、話があるんだ」ジェイスは二匹の犬と彼女と一緒にモーターボートに乗った。

ジジの心は暗かった。昨夜彼女が無理やりジェイスに認めさせたせいで、普通の新婚夫婦のように生活するのは無理になった。結婚に終止符を打つとは、その結婚が普通ではなかったという意味になる。私はジェイスとの関係に母親からたたきこまれた価値観を持ちこんでしまい、彼もそのことに気づいている。恥ずかしくも私は自らの頭で考えるほど大人でなく、ジェイスにあまり期待できなくてもそういう自分に一度も疑問を抱かず、彼の実際のふるまいより自身の信念が有害だとわかっていなかった。

リムジンが海岸沿いの道から両側に木が生えた小道へ入っていった。頭上には枝によって天蓋ができている。「いったいここはどこなの？」ジジは問いかけた。

「見ていてくれ」車がクリーム色の大きな家の前にとまると、ジェイスは二匹の犬と外に出た。

「ここに住んでいる人たちに会ったことがあったかしら？」

「彼らはここにはいない。娘の近くに住むために、コルフ島に引っ越してしまったんだ」

「私たち、なにをするの？」

「ピクニックだ」ジェイスが元気よく答えた。「屋内でね。外で食べるほど暖かくないから」

ジェイスがポケットから鍵を取り出し、ジジを玄関のドアへ案内した。

「家の中でピクニックなんてしたことがないわ」彼女は言った。

「もったいない人生だな」彼がからかった。

しかしジジは、ジェイスが緊張しているのがわかった。おそらく二人で話をし、正直な気持ちをぶつけ合う必要性に迫られているせいだろう。たとえば私のことは大好きで手放せないが、ずっと結婚していたいと思うほどではない、と。はっきり言ってくれるならじゅうぶんフェアだ。

いいえ、じゅうぶんじゃないわ、とジジの心の声が反論した。ジェイスに誘惑されて、私は恋に落ちたのだから。

ジェイスが居心地のよい玄関ホールに案内してくれたとき、ジジはこれから行われる告白にぞっとするあまり震えていた。「じゃあ、話して」早く終わらせたくてせかした。

ジェイスが黙ってほしいというようにてのひらをこちらに向けた。「まずは食事をしよう」

そしてドアを押し開け、座り心地のよい椅子が並ぶ広々とした部屋に入っていった。部屋の片隅ではタイル張りのスカンジナビア風ストーブが熱を発していて、窓の外には海を縁取るように木々が生い茂っている。テーブルの上にはピクニック用バスケットが置かれていた。彼はそれを開け、皿や食べ物や飲み物を出して並べた。

わけがわからないまま、ジジはシェフが用意してくれた小さなサンドイッチをいくつか食べ、キッシュに取りかかった。それからサンドイッチを片手に、部屋を歩きまわった。「すばらしい眺めね」

「家の中を見てまわりたいかい?」

「そうしたほうがよさそうね」ジジがうなずくと、ジェイスがコーヒーを飲みほしてカップをソーサーに戻した。「この家はまだ正式に売りに出されていないの？」彼女はきいた。

「ああ、祖母《ヤヤ》の友人夫妻のものなんだ。もし気に入ったら、引っ越してきて冬を過ごしたあと、買うかどうか決めていいそうだ」ジェイスが説明した。

ジジは広々とした応接室や、改修の必要がありそうな場所を見て歩いた。家の地下にはプールとジムがあった。ゆっくりと階段をのぼっていくと寝室がたくさんあり、ビーチと海を見渡せるすてきなルーフテラスがあった。

「この家の敷地は数エーカーもあるから、人目にはつきにくい――」

「ひと組の夫婦と赤ん坊一人には少し広すぎるかしら」彼女はぎこちなく言った。

ジェイスが平然と肩をすくめた。「だが赤ん坊はもっと生まれるかもしれないし、そのときは広いほうがうれしくないかな？」

「なんですって？」ジジはどうにかきき返した。

「あなたが私といたいのは、娘が生まれるまでだと思っていたわ」

「いや、それは君が決めたことで、僕の考えとは違う。僕は年老いて白髪になるまで、君と一緒にいたい。だから、子供のために大きな家を買うのは理にかなっていると思う」彼が落ち着いて反論した。

待っていた言葉を耳にして、ジジは何度もまばたきをした。

「君は今、僕の言ったことが嘘《うそ》だという理由を四十個は考え出そうとしているんだろうが、先に聞いてくれ」ジェイスが彼女の腕に手をかけ、広い寝室の隅にある椅子にそっと座らせた。そして彼女の前にしゃがむと、両手を握った。「赤ん坊ができたとわかったとき、心を閉ざしてすまなかった。ショックを受けたと、君には伝えたくなかったんだ。君がますます動揺すると思って現実的な行動をしようとしたんだが、それが逆に仇《あだ》になってしまったらしい。

君の心が離れつつあるのは感じているよ……」

突然、ジジは愛する男性を取り戻したと思った。ジェイスは本当に大切なことについて、ようやくまた話してくれるようになっている。彼女は夫の手の甲を愛をこめて撫《な》でた。

ジェイスが深く息を吸った。「僕は初めて君を見た瞬間から恋に落ちていたのに、ずっと気づかずにいた。なぜ好きになったのかはわからない。もちろん最初から強く惹《ひ》かれていたが、人柄を知るにつれてもっと惹かれていったんだ。誠実で知的なところや動物好きなところ、やさしくて温かな人柄が。僕は君にくるおしいほど恋をしているし、君のいない人生なんて考えられない。君と出会う前の人生は空虚で、目標がなく、退屈だった」

「ジェイス……」ジジは震える声でささやき、呆然《ぼうぜん》と彼を見つめた。「本気で言ってるの？」

「僕の言葉がやっと聞こえたのかい？」

「ええ、聞こえたわ」

「君を教会に連れていくときは、虎の尾をつかんで檻《おり》に入れるような気分だった。君を説得して一緒にいてもらえるか自信はなかったが、結婚指輪を君の指にはめるためならなんでも言うつもりだったよ。相続の話を持ち出したのは、そのほうが現実的だったからだ。君はいつも現実的だっただろう？　僕の気持ちのほうが君のよりも大きいと言って、君を動揺させる危険は冒したくなかった。こんなにも早く強い感情を抱くなんてひどい妄想だとか、僕の頭がおかしくなったのかとか言われたくなかったんだ。僕のせいで怖がらせてしまうのが恐ろしくて、黙っていた――」

「私はどこへも行かないわ……怖がらせても追い払えはしないから」ジジは夢でも見ている気分で言った。「私だってあなたに夢中だし、あなたが同じくらい好きでいるなんて全然知らなかったからずっと心配だったの。あなたが機嫌がよくてやさしいのは、私が妊娠しているからだと思ってた」

　すばらしい緑色の瞳が彼女をとらえた。「君が僕に夢中だって？　それならなぜゆうべ、結婚生活がいつまで続くのかときいて僕をパニックに陥らせた？　あんまりじゃないか！」ジェイスがとがめるような表情で叫んだ。「僕は君とずっと一緒にいたいのに、君は妊娠しても仕事を休もうとしないし、僕をどう思っているのか考える時間もなさそうだった！　そばにいてほしいのに！　君は僕の隣にいなくては――」

「私、永遠にあなたのそばにいられると思うわ」ジジはうれしそうな笑みを浮かべ、ここ数カ月で初めて本当にほっとした。緊張がほぐれ、絶え間ない心配や不安から解き放たれていた。ジェイスとこれからも一緒だと思うと、純粋な喜びで胸がいっぱいになった。

　ジェイスが彼女を力強い腕の中に引きよせた。

「僕のいとしい人《グリキア・ムー》、永遠では足りないかもしれないぞ。僕は結婚に全力で向き合い、情熱もそそいでいた。なのに、君は些細《ささい》なことで延々と騒いでいた。たった数カ月だけ仕事を休まなければならないとかで。君が望むなら、世界じゅうどこに住んでもかまわない。僕は君と娘と一緒に幸せに暮らしたいんだ。君がいなければ僕は幸せになれないから。簡単な話だ」

　ジジはますます不思議に思って彼を見つめた。

「ごめんなさい、仕事に夢中になりすぎてあなたになにをしたのか気づいていなかったの。悲しいことだけど、あなたが現れるまで私には仕事しかなかったから、あなたの存在は大きな変化だった。あなたが私に抱かせる気持ちに慣れていなかったから、とまどっていたの。心配でたまらなかったわ。ゆうべは眠れなかった――」

「僕が眠れたと思うかい？　君は僕の犬まで連れていったじゃないか」ジェイスがとがめた。

ジジは顔を赤くして両腕を彼の首にまわした。

「私はベッドに入れるけど、あなたは入れないのをモーは知っているだけよ」

「僕たちのベッドに犬は入れない。それは譲れないルールだ」彼が宣言した。

ジジは口をとがらせた。「あなたがそう言うまで、どれだけ愛しているか伝えようと思ってたのに」

「だまされないぞ」ジェイスは警告し、彼女に情熱的なキスをするとベッドに近づいた。

「だめよ……ここは私たちの家じゃないんだから！」ジジはうろたえて叫んだ。

「僕たちはこれからここの借り主になる。ベッドをチェックできない理由はないだろう。君はこの家が気に入ったんじゃないのか？」

「犬と私たちと赤ちゃんにぴったりだと思わない？　目の前が海なのもいいわ」彼女はまだ少し驚きながら夫を見た。「私を愛してるなら、家庭に入って自由を失ってもいいのね？」

「最高だよ。君は僕が必要だと知らなかったすべてなんだ。君がいれば、僕の一日はもっと明るくなる」ジェイスはそう告白してジジをベッドに横たえ、キスをしながらセーターを少しずつ脱がせた。そして、彼女の小さな体を独占するように撫でおろした。

「なぜ結婚式の前に、私が妊娠していると家族に話したの？」ジジは理由を知りたかった。

「僕は妊娠がうれしかったんだが、パニックになっている君とはその気持ちを分かち合えなかった。自分の反応には驚いたよ。だが、妊娠によって君を罠《わな》にかけたようで恥ずかしかった」ジェイスがやさしくスカートを脱がせた。「妊娠がなかったとしても、僕は君を放さなかったと思う。まさか、君が僕に恋をしているとは思わなかった。君は僕を疑ってばかりだったからね。僕は最初から君にいろいろ求めていたうえ、愛していると気づくまではあれこれ自分に言い訳していた。だが、気づいてからは簡単だったよ」

　やさしい緑色の瞳で見つめながら、ジェイスがゆっくりと丁寧にジジと一つになった。そのあとは余韻にひたりながら、どれほど愛しているかをあらためて告げ、おかげで彼女の胸は幸せでいっぱいだった。

「初めて食事をした夜、私はあなたに夢中になったの。ああ、私ってすごく押しに弱いのね」ジジは恥ずかしくなってうめいた。

「君がディナーをだいなしにして家に帰ったあとは、君のことを考えて眠れなかったよ」

　ジジは笑った。「当然の報いだわ。ああ、父のことを話さなくちゃ……」

　話を聞く間、ジェイスは顔をしかめていた。「君のお母さんはアキレウスに厳しかった。だが、彼にほかの選択肢はなかったと思う」

　それからジェイスはこの家の計画について話し出し、ジジは夫に寄り添いつつ耳を傾けた。「あなたが言ってた犬についてのルールなんだけど――」

「ノアの方舟《はこぶね》と同じくらい大きなベッドでない限り、犬はベッドに入れない。君は将来、たくさんの犬を家に連れてくるんだろう？　寝室以外の場所で快適に過ごさせてあげればいい」

「犬でいっぱいのノアの方舟ってすてきなのに」ジジは眠気に襲われながら言った。

「だが、僕たちには子供ができる。その子も僕たちのベッドに入りたがるかもしれないぞ。おやすみ、ジジ……」

エピローグ

五年後

気をつけながらハイヒールで階段を下りると、ジジはドレスを撫《な》でつけた。シルクの赤いドレスは彼女の曲線という曲線にぴったり張りついているかのようだ。ジェイスの好みにぴったりで、クリスマスらしい華やかさもある。

今日はクリスマスイブだが、子供たちはプレゼントをあと一週間待たなければならなかった。ギリシアでは一月一日、聖人アギオス・ヴァシリオスの誕生日である聖ヴァジルの日にプレゼントをもらえるからだ。四歳になるライラはすでにクリスマス気分で浮かれており、あと一週間も待てないほどそわそわしどおしだった。イギリス人のジジの母国の伝統にも敬意を表して、子供たちはクリスマスにも一つだけプレゼントをもらえることになっていた。

二歳のニコラオスは、玄関脇の巨大なトナカイのぬいぐるみによじのぼろうとたくらんでいた。エレクトラから贈られたフラワーアレンジメントが置かれたテーブルの横を通る幼児は、半分しかパジャマを着ていなかった。

「ニコラオス！」巨大な花瓶が宙を飛ぶ前に、ジジは声をあげた。

ライラが弟をつかみ、強く叱る。

「寝る時間ですよ」ジジは子供たちに言った。

子供たちをベッドに入れるのは、階段にいる複数の猫をそれぞれの部屋へ追いやるに等しかった。ライラはおめあての絵本を手に取ると、嵐のようにおしゃべりしながら羽毛布団の中に潜りこんだ。少女はジェイスの黒い巻き毛とジジの青い瞳を受け継ぎ、その弟は父親の身長と大らかな性格、母親の聡明《そうめい》さを持ち合わせていた。娘の妊娠中、ジジは血圧が高かったけれど、その後は順調に正常値まで下がり、ライラは教科書どおりに無事生まれてきた。

エヴァンデルとマーカスによれば、ニコラオスはジェイスそっくりなのだそうだ。幼児はなんにでもいちばんに近づいていき、恐れを知らず、つねにじっとしていない元気の塊で、崖っぷちに片手でしがみつきながら笑っているような子供だ。しかし、その外向的な性格の裏側には強い愛情を秘めていた。ジジがベッドに腰を下ろすと、息子は両腕で母親をきつく抱きしめてから羽毛布団の中に潜った。するとベッドの反対側に足が現れ、数秒後、黒と白の小さな頭が出てきた。これはフーディーニだ。

この小さなテリア犬は、ホッピーが亡くなってまもなく家にやってきた。モーがあとを追うように九歳で亡くなったときにはもういた計算になる。アイリッシュ・ウルフハウンドにしてはまずまずの年齢だった。そして、のんびり屋で不器用なアイリッシュ・ウルフハウンドの子犬ロキシーが来た。ジジは息子を寝かしつけると、フーディーニを慎重に抱きあげて踊り場へ連れていった。そのときティリーがやってきてフーディーニに飛びかかり、威嚇したので、テリア犬は逃げていった。

ハンフリーとスノーウィーはまだファロス島で暮らしており、亀には伴侶までいた。エレクトラは前の冬に軽い脳卒中を患い、ジジとジェイスは週末になると彼女を見舞った。ジェイスが初めてジジに〝愛している〟と告げた家を二人は購入し、夫婦として最初の幸せな冬を過ごした。必要なところに手を加えられた家はゆっくりと、しかし確実に二人の愛の巣へ変わっていった。使用人もいたが、動物保護センターが定員オーバーになった場合はしばらく動物を預かることも多く、家はいつもやや雑然としていた。あるクリスマス休暇に滞在中、エヴァンデルが言いにくそうな顔で家をもっときれいにしたほうがいいと提案したことがあった。ジジとジェイスは話に耳を傾けたものの、自分たちのやり方は変えなかった。マーカスはというと、どんな騒動の中でも眉一つ動かさなかった。

ジジは相変わらずセンターでフルタイムの獣医として働いていたけれど、長期の休暇も取るようになっていた。夫婦は外国を旅したいというジジの願いをかなえながら、二人で楽しむ時間をできるだけ持った。アキレウスとは週ごとに会っていたし、異母兄二人の結婚式やその子供たちの洗礼式、誕生日パーティにも出席した。ジジは今やゲオルギウ家の一員として完全に受け入れられ、継母のカテリーナとも心地よい関係を築けていた。

ジェイスを愛したことによって、ジジは想像以上の幸せを手に入れた。彼女にはキャリアがあり、子供たちがいたけれど、なにより大切なのは夫だった。ジェイスも妻を愛し、ジジは毎日その愛を実感した。彼は電話をかけてきたり、メモをどこかに残したり、プレゼントを贈ってくれたりした。

階段を下りたとき、玄関のドアが開く音を聞いてジジは青い瞳を輝かせた。いそいそと玄関ホールを歩いていって、現れたジェイスを出迎える。「お誕生日おめでとう！」彼女はうれしそうに声をかけた。「子供たちはベッドに入って、夕食の支度もできているわ」

ジェイスが妻を引きとめ、服装をじっくりと眺めた。「ドレスも靴もいいね。とてもセクシーだ」

ロキシーがもの憂げなようすで彼のそばに寄ってきて膝に頭をぶつけ、その場でまた眠りはじめた。

「この子ったら今日初めて動いたわ」ジジは不満のこもる口調で言った。

フーディーニがドアの隙間から飛び出し、ジェイスに飛びついた。ジジはジェイスを引っぱって、クリスマスツリーが飾られたダイニングルームに向かった。

席につく前に、彼がジジを引きよせて言った。

「エヴァンデルとマーカスが誕生日パーティを開くのをどうやって思いとどまらせたんだ？」

ジジはひるんだ。「私はなにもしてないわ。明日の夜、ファロス島で家族ぐるみのパーティをするでしょう」声には罪悪感がにじんでいた。「だから、今夜は私たちで過ごしたいの」

「すばらしい計画だ、僕のお人形さん《コークラ・ムー》」ジェイスが妻の胸を撫でた。「食事はあとでいいかな？」

「ええと……」

「決まりだ」彼が身をかがめてジジを抱きあげ、階段に向かった。「プレゼントはなにか、きいてもいいのかな？」

「焦らないで」大きなベッドに横たえられたジジは、秘密めいた笑みを浮かべて答えた。

「そのドレスを着た君はとても美しい」ジェイスが長い指で彼女の唇をなぞった。「僕のために赤を着てくれたんだね？」

「あなたがそう思うならそうなんじゃないかしら」とはいえ、まったくの真実だった。ジジはいつも赤を自分の色だと思っていた。けれど赤は注目を集める。彼女はジェイス以外の注目を浴びたくなかった。

ジェイスがジジの上におおいかぶさり、唇を重ねて舌を深く差し入れた。「愛している」彼がかすれた声で言った。「あとで言い忘れるといけないから、今言っておくよ」

「あなたは忘れたりしないわ」ジジは自信たっぷりに告げ、両腕を上げた。ジェイスがドレスを頭から脱がせる。

「それで、僕への誕生日プレゼントは？」

「三カ月前にあなたが頼んだとおり、妊娠したわ。私からのプレゼントはそれだけよ。私たちの三番目にして最後の子供たちは夏に生まれる――」

「子供たちだって？」

ジジはすました笑みを浮かべた。「願いごとをするときは気をつけないと。私たちには双子の子供ができたの。ニコラオスは気を抜けないわね」

大きな笑みを浮かべ、ジェイスが両腕を彼女にまわして強く抱きしめた。「世界でいちばんすてきな女性だな！　人生最高の誕生日兼クリスマスプレゼントじゃないか！」

「あなたを心から愛していなかったら、賛成しないんだけど」そのとき小さな足がドアを蹴る音がして、寝室のドアが少し揺れた。「ニコラオスがパパをさがしているみたい」ジジがからかった。

彼女は赤いレースのランジェリーを身にまとい、奔放な女のようにベッドにゆったりと横たわって、ジェイスが息子を抱きしめてベッドに戻るよう話しているのを聞いていた。そして戻ってきた夫にほほえみかけた。

ジェイスは相変わらずすばらしく魅力的で、いまだに彼を見るとジジは息をするのを忘れ、秘密の場所がうずくのを感じた。彼は大好きな子供たちにハグをすることを学び、いつも妻を励ましてくれた。夫が近づいてきたとき、彼女はフーディーニの小さな足が息子の寝室にある居心地のよいベッドをめざしている音を聞いた。ジェイスはまだ犬をベッドに入れるのを禁じているが、知らずにいればショックを受けることもないだろう。

両腕を広げて夫を歓迎しながら、ジジはまだほほえんでいた。理想の男性から愛されるという、絶対にかなわないと思っていた夢がかなっていた。

ハーレクイン®

ダイヤモンドの一夜の愛し子
2025年1月5日発行

著　者　リン・グレアム
訳　者　岬　一花（みさき　いちか）

発行人　鈴木幸辰
発行所　株式会社ハーパーコリンズ・ジャパン
東京都千代田区大手町 1-5-1
電話 04-2951-2000（注文）
0570-008091（読者サービス係）

印刷・製本　大日本印刷株式会社
東京都新宿区市谷加賀町 1-1-1

ISBN978-4-596-71885-3 C0297

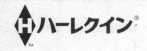

ハーレクイン・シリーズ 1月5日刊 発売中

ハーレクイン・ロマンス

愛の激しさを知る

秘書から完璧上司への贈り物 《純潔のシンデレラ》	ミリー・アダムズ／雪美月志音 訳	R-3933
ダイヤモンドの一夜の愛し子 〈エーゲ海の富豪兄弟 I〉	リン・グレアム／岬　一花 訳	R-3934
青ざめた蘭 《伝説の名作選》	アン・メイザー／山本みと 訳	R-3935
魅入られた美女 《伝説の名作選》	サラ・モーガン／みゆき寿々 訳	R-3936

ハーレクイン・イマージュ

ピュアな思いに満たされる

小さな天使の父の記憶を	アンドレア・ローレンス／泉　智子 訳	I-2833
瞳の中の楽園 《至福の名作選》	レベッカ・ウインターズ／片山真紀 訳	I-2834

ハーレクイン・マスターピース

世界に愛された作家たち
～永久不滅の銘作コレクション～

新コレクション、開幕！

ウェイド一族 《キャロル・モーティマー・コレクション》	キャロル・モーティマー／鈴木のえ 訳	MP-109

ハーレクイン・ヒストリカル・スペシャル

華やかなりし時代へ誘う

公爵に恋した空色のシンデレラ	ブロンウィン・スコット／琴葉かいら 訳	PHS-342
放蕩富豪と醜いあひるの子	ヘレン・ディクソン／飯原裕美 訳	PHS-343

ハーレクイン・プレゼンツ作家シリーズ別冊

魅惑のテーマが光る
極上セレクション

イタリア富豪の不幸な妻	アビー・グリーン／藤村華奈美 訳	PB-400

※予告なく発売日・刊行タイトルが変更になる場合がございます。ご了承ください。

1月15日発売 ハーレクイン・シリーズ 1月20日刊

ハーレクイン・ロマンス
愛の激しさを知る

忘れられた秘書の涙の秘密 《純潔のシンデレラ》	アニー・ウエスト／上田なつき 訳	R-3937
身重の花嫁は一途に愛を乞う 《純潔のシンデレラ》	ケイトリン・クルーズ／悠木美桜 訳	R-3938
大人の領分 《伝説の名作選》	シャーロット・ラム／大沢　晶 訳	R-3939
シンデレラの憂鬱 《伝説の名作選》	ケイ・ソープ／藤波耕代 訳	R-3940

ハーレクイン・イマージュ
ピュアな思いに満たされる

スペイン富豪の花嫁の家出	ケイト・ヒューイット／松島なお子 訳	I-2835
ともしび揺れて 《至福の名作選》	サンドラ・フィールド／小林町子 訳	I-2836

ハーレクイン・マスターピース
世界に愛された作家たち
〜永久不滅の銘作コレクション〜

プロポーズ日和 《ベティ・ニールズ・コレクション》	ベティ・ニールズ／片山真紀 訳	MP-110

ハーレクイン・プレゼンツ作家シリーズ別冊
魅惑のテーマが光る
極上セレクション

新コレクション、開幕！

修道院から来た花嫁 《リン・グレアム・ベスト・セレクション》	リン・グレアム／松尾当子 訳	PB-401

ハーレクイン・スペシャル・アンソロジー
小さな愛のドラマを花束にして…

シンデレラの魅惑の恋人 《スター作家傑作選》	ダイアナ・パーマー 他／小山マヤ子 他 訳	HPA-66

文庫サイズ作品のご案内

◆ハーレクイン文庫・・・・・・・・・・・・毎月1日刊行
◆ハーレクインSP文庫・・・・・・・・・・毎月15日刊行
◆mirabooks・・・・・・・・・・・・・・・・毎月15日刊行

※文庫コーナーでお求めください。

今月のハーレクイン文庫

12月刊 好評発売中！

帯は1年間"決め台詞"！

珠玉の名作本棚

「小さな奇跡は公爵のために」
レベッカ・ウインターズ

湖畔の城に住む美しき次期公爵ランスに財産狙いと疑われたアンドレア。だが体調を崩して野に倒れていたところを彼に救われ、病院で妊娠が判明。すると彼に求婚され…。

（初版：I-1966「湖の騎士」改題）

「運命の夜が明けて」
シャロン・サラ

癒やしの作家の短編集！　孤独なウエイトレスとキラースマイルの大富豪の予期せぬ妊娠物語、目覚めたら見知らぬ美男の妻になっていたヒロインの予期せぬ結婚物語を収録。

（初版.：SB-5,L-1164）

「億万長者の残酷な嘘」
キム・ローレンス

仕事でギリシアの島を訪れたエンジェルは、島の所有者アレックスに紹介され驚く。6年前、純潔を捧げた翌朝、既婚者だと告げて去った男――彼女の娘の父親だった！

（初版：R-3020）

「聖夜に降る奇跡」
サラ・モーガン

クリスマスに完璧な男性に求婚されると自称占い師に予言された看護師ラーラ。魅惑の医師クリスチャンが離婚して子どもの世話に難儀していると知り、子守りを買って出ると…？

（初版：I-2249）